O MELHOR LIVRO DE AQUI ATÉ O MUNDO

UM ROMANCE DE

GABRIEL PACIORNIK

Editora Labrador

Copyright © 2022 de Gabriel Paciornik
Todos os direitos desta edição reservados à Editora Labrador.

Coordenação editorial
Pamela Oliveira

Preparação de texto
Larissa Robbi Ribeiro

Assistência editorial
Leticia Oliveira

Revisão
Laila Guilherme

Projeto gráfico, capa e diagramação
Amanda Chagas

Imagem de capa e miolo
Gabriel Paciornik

Dados Internacionais de Catalogação na Publicação (CIP)
Jéssica de Oliveira Molinari - CRB-8/9852

Paciornik, Gabriel
   O melhor livro de autoajuda do mundo / Gabriel Paciornik. -– São Paulo : Labrador, 2022.
   208 p.

ISBN 978-65-5625-239-1

1. Ficção brasileira I. Título

22-1964   CDD B869.3

Índice para catálogo sistemático:
1. Ficção brasileira

EDITORA Labrador

Editora Labrador
Diretor editorial: Daniel Pinsky
Rua Doutor José Elias, 520 - Alto da Lapa
São Paulo/SP - 05083-030
Telefone: +55 (11) 3641-7446
contato@editoralabrador.com.br
www.editoralabrador.com.br
facebook.com/editoralabrador
instagram.com/editoralabrador

A reprodução de qualquer parte desta obra é ilegal e configura uma apropriação indevida dos direitos intelectuais e patrimoniais do autor. A editora não é responsável pelo conteúdo deste livro. Esta é uma obra de ficção. Qualquer semelhança com nomes, pessoas, fatos ou situações da vida real será mera coincidência.

*Para minha vó Frida,
que fez meu mapa astral
e me fez ler Homero.*

*Para meu pai, Ivo,
que me levou ao planetário
e me fez ler Carl Sagan.*

SUMÁRIO

PARTE 1

Capítulo 1	[8]
Capítulo 2	[18]
Capítulo 3	[31]
Capítulo 4	[40]
Capítulo 5	[52]
Capítulo 6	[66]
Capítulo 7	[76]
Capítulo 8	[92]

PARTE 2

Capítulo 9	[102]
Capítulo 10	[116]
Capítulo 11	[128]
Capítulo 12	[137]
Capítulo 13	[146]
Capítulo 14	[154]
Capítulo 15	[167]
Capítulo 16	[173]
Capítulo 18	[179]
Capítulo 18	[189]
Capítulo 19	[200]

PARTE 1

CAPÍTULO 1

Meu nome é Geraldo Pereira e eu sou um fodido.

Fodido no sentido de trabalhar duro, ser honesto e morrer honrado — sem um puto no bolso. Uma doce desimportância que não dá prestígio algum, nem sequer no esforço de ser um fracasso, afinal não estou morrendo de fome. Nesse tipo de miséria eu já tenho bastante experiência, já que sempre fui um fodido.

Sou uma combinação nefasta de genética com talento para ser um fodido. Genética porque pertenço a uma longa dinastia de fodidos — está no meu sangue. Talento porque às vezes tenho a impressão de que ser um fodido é uma arte que domino sem nenhum esforço ou intenção — certamente não tenho intenção.

Também por falta de intenção me vi nesta situação ridícula de escrever um livro de autoajuda. E podem me acusar de irresponsabilidade, já que eu não posso nem me defender usando o argumento de que sou completamente duro. A situação financeira não me absolve. De jeito nenhum.

A história é outra, e eu só posso culpar a mim mesmo e minha falta de caráter.

Meu pai é um fodido. Entram no assunto e ele, um pouco envergonhado, um pouco orgulhoso, teima em se classificar como "remediado". Bobagem. É um fodido. Foi lá e se casou com a dura da minha mãe, de família que também nunca teve porríssima nenhuma. Viveram a vida inteira na mesma casa de dois quartos e sala no subúrbio, onde nasci e vivi até bem tarde. Meu pai era bancário e minha mãe, professora de escola primária. Os dois estão aposentados. Ainda assim, meu pai segue trabalhando, fazendo o imposto de renda da galera. Juntos, eles conseguiram economizar uma única vez na vida. Compraram um carro. Até tentaram uma segunda, mas deu merda, o Collor confiscou tudo. Filho da puta! Afora isso, ao longo da vida, talvez, conseguiram juntar dinheiro e viajar uma vez pra Buenos Aires e outra pra Bahia.

Meu pai sofre, me acha um desperdício. Talvez tenha razão. Ele repete em toda oportunidade que eu podia ter feito mais da minha vida. Insiste que sou um rapaz inteligente, enfurnado em casa na frente da merda de um computador, editando texto de gente que nunca aprendeu a escrever direito.

— Que te deu na cabeça? Estudar filosofia?

— Mestrado em filosofia, pai. Eu estudei engenharia.

Ele sempre ignora o que digo e se lamuria com sua voz fosca de sotaque sessentista de documentário antigo:

— Você podia ter ido estudar fora. Podia ter feito concurso.

— Podia, pai. Podia.

— Podia ter aceitado aquele trabalho lá no gabinete do vereador Seixas.

— Ô, pai, o vereador Seixas se elegeu deputado e está sendo investigado.

— Teria sido muito melhor do que essa vida que você leva. Você podia ter sido eleito para um cargo seu. Vai ver, já seria senador!

— Assessor de deputado corrupto. É isso que o senhor queria pra mim?

Seu Anastácio preferia não focar nos meus questionamentos éticos. Não que ele não fosse ético, pelo contrário. Meu pai sempre foi CDF pra caralho. Uma régua. É que, quando vinha uma crítica a respeito do meu sucesso, ele chutava para longe o critério moral.

— Você já estaria casado. Não estaria morando naquela espelunca que você chama de apartamento. Isso não é vida para um sujeito inteligente como você, com quase quarenta.

Exagero dele. Acabo de completar trinta e quatro.

Meu pai me achava inteligente porque eu tinha estudado engenharia. Mas mudaria de ideia se soubesse que eu andava com gente como o Aloísio. Gente como o Aloísio era desabono para qualquer forma de inteligência. Especialmente porque era esperto e sabia me convencer a fazer coisas estúpidas — escrever a merda de um livro de autoajuda, por exemplo. Aí que a minha crítica ética ia pra casa do caralho e meu medo do velho Anastácio voltava como se eu fosse criança. Fiquei um tempão sem contar pra ele sobre o livro de autoajuda que eu estava cometendo.

Minha mãe descobriu o projeto do livro sozinha. Acabou contando para o meu pai, que ficou puto. Mas minha mãe me adora e, ao contrário do meu pai, se derrete por qualquer coisa que eu faça, pense ou diga, sem qualquer critério moral, político ou acadêmico. Só acha que falo palavrão demais.

— Podia ser mais educado, Geraldo, isso não é jeito de falar.

Ela me visita em casa mais ou menos uma vez por mês. Refaz a limpeza da casa, pouco se cagando para o fato de já estar completamente limpa. Traz consigo uns Tupperwares® para fornir o quase vácuo da minha miserável geladeira, repete duas ou três vezes que estou muito magro e avisa que meu pai me mandou lembranças. Quando vai embora, me dá um beijo e manda eu me cuidar melhor. A dona Sinara me adora tanto assim porque, quando está comigo, não para quieta e acaba não ouvindo o que digo.

Minha irmã também acha que falo palavrão demais. Não me deixa usar meu fino e sofisticado vocabulário na frente dos meus sobrinhos.

— Tudo, Geraldo! Tudo o que eles escutam, eles repetem. E vão repetir na escola, na frente das professoras.

Não confio em professores. Por amor e graça da futura educação deles, eu escandalizo: fodam-se! *We don't need no education*! Falo palavrão na frente deles quando não tem mais ninguém por perto ouvindo.

— Caralho!

— Tio, o que é caralho?

— É uma palavra bem foda pra pinto.

— É uma palavra feia, tio?

— Não existem palavras feias, Roberto.

— Mamãe disse que você fala muitas palavras feias.

— Mas ela diz isso porque não entende o conceito de contexto. O contexto, Roberto, é importante. É o contexto que faz uma palavra ser feia ou bonita.

— Mamãe disse para eu não repetir nada do que você fala. Que é feio.

Feio, eu queria explicar, é o Olavo de Carvalho, pelado, de meias marrons. Feio é o estado da educação deste país. Feio é o que vejo sendo feito com a língua portuguesa nos originais que recebo.

De forma simétrica e insuportavelmente freudiana, a minha irmã é a decepção da minha mãe e o orgulho do meu pai. Vai ver é assim porque elas passam tempo demais juntas e acabam se cansando uma da outra, enquanto meu pai quase não a encontra. Ela se casou com um cara que não gosta muito de mim, mas é louco por ela. Outro fodido. Menos que eu, talvez, mas fodido como todos nós.

Ele trabalha como consultor de qualquer coisa num desses prediões antigos de fachada malcuidada no centro da cidade. Prédio com ascensorista velhinho, saguão amplo e mal iluminado, cheiro de produto de limpeza. Ele está sempre de terno, suando em bicas, na bosta de trânsito que não anda, dirigindo o carro bacana que ele ama mas que sempre dá problema. Chama-se Otávio, passa o dia morrendo de calor e faz tudo o que minha irmã diz. Se eu fosse ele, também não ia gostar de mim, afinal, ao contrário dele, trabalho em casa e tenho total controle sobre o ar-condicionado. Se quisesse, poderia passar o dia inteiro só de cueca.

Mentira. Até ficaria o dia inteiro só de cueca, mas tenho medo de acontecer alguma coisa e daí cá estou, sozinho no apartamento, em trajes pouco republicanos. Seria constrangedor. Poderia acontecer, digamos, um arrastão no prédio. Ou uma vizinha bem gostosa poderia, de repente, vir aqui pedir uma xícara de açúcar. Ou, então, vai que tenho um AVC e um paramédico me encontra assim, de samba-canção.

É evidente, aqui nunca teve um arrastão — nem terá. Não nesta merreca de prédio fodido. Nunca nenhuma vizinha, sendo gostosa ou não, veio falar comigo ou sequer chegou perto da minha porta, e, desnecessário dizer, nunca tive um AVC. Se eu vier a ter um dia, bem, foda-se o que eu estiver ou não vestindo. Vou ter mais preocupações que isso. Ou, o que é mais provável, nenhuma outra preocupação — nunca mais.

Assim, não fico só de cueca. Pra ser honesto, nem o ar-condicionado deixo ligado, não tenho dinheiro pra isso. Essa trolha já estragou faz algum tempo, não lembro quando. Não tenho grana para mandar arrumar, quanto menos para deixar ligado o dia inteiro.

O que acabo usando para suportar essa merda de calor é um ventiladorzinho barato. Um daqueles que viram a cabeça para a direita e para a esquerda numa negação niilista mecânica, impossíveis de limpar por dentro da grade. O bicho fica ligado em cima da mesa enquanto estou trabalhando. Gosto de fazer perguntas a ele e receber sempre a mesma resposta:

— Vai chover? — ele sacode a cabeça que não.

— Vou terminar este trabalho a tempo? — Não.

— Você acha que eu devia ter aceitado escrever esta merda de livro?

Quando está parado, fico vendo as pás da hélice borradas de pó e fuligem. Me distraio estudando os delicados padrões cinzentos que o ar sujo e poluído desenhou sobre a superfície, uma interessante demonstração gráfica de aerodinâmica e fluxo de ar. Dá pra fazer bastante ciência desta insalubridade grudenta toda. Ser engenheiro é uma merda, por isso pulei de carreira: nojo.

Tento me convencer. Se quisesse mesmo, arrumava essa merda de ar-condicionado de uma vez e punha essa bosta pra funcionar o dia inteiro, na temperatura mais fria possível, e, ainda por cima, ficava só de cueca, mesmo que eu morresse de pneumonia dois dias depois. Só que, infelizmente, esse meu livre-arbítrio não cabe no meu bolso. Então, o que faço é vestir uma calça jeans e uma camiseta fresca. As roupas, limpas. Não quero passar na frente do xerox, onde a Rosa trabalha, todo esculhambado. Finjo que deixar de ligar o ar-condicionado é decisão minha, mas passo o dia descalço e só coloco algo no pé quando desço pra tomar um café ou comer alguma coisa.

Quase não saio de casa por outra razão. Em resumo, é por isso que escolhi minha profissão. Não vejo ninguém, não encontro ninguém, nem sequer conheço pessoalmente os meus clientes. De quando em quando, muito raramente, tenho de falar com algum deles pelo telefone. É raro mesmo, porque não telefono pra ninguém e não costumo atender quando me telefonam. Menos ainda quando comecei essa empreitada demente de escrever um livro de autoajuda.

Eu adoro meus clientes. Especialmente porque não os conheço. A grande maioria é gente com quem já trabalho há muito tempo, que me paga em dia e me deixa fazer o trabalho em paz. Mandam pequenos serviços com certa frequência e quase não preciso interagir com eles. São como fantasmas que às vezes me cutucam na minha caixa de e-mail e depositam dinheiro na minha conta. Maria do Rosário Paisin, Herculano Loran de Almeida, Jorge Fiorde Dias… Nunca os vi. Não faço a menor ideia de quem são, ou de que cara têm. Se por acaso eu os vir na rua ou cruzar com um deles na fila do banco, num puteiro, ou se eventualmente vier a participar de uma orgia com um deles, nem vou saber de quem se trata. "Oras! Seu Ernesto?! O senhor por aqui?"

Um deles me manda sempre um e-mail de feliz aniversário na data errada. A mesma data, todos os anos. Já faz anos! Fico enternecido. Espero o ano todo por esse dia. Até mais que o meu aniversário de verdade, de que não gosto e raramente comemoro. O cara nunca falha. Quando o dia 27 de abril se aproxima, não consigo dormir de excitação, pensando se o sujeito vai lembrar. Será que é um e-mail automático? O que vai acontecer quando mudarem o servidor? Eu sentia um alívio quase sexual ao abrir a caixa de entrada e ver: *Feliz aniversário, caro Geraldo! Que este dia especial te traga muita luz e felicidade.* Puta merda, e que dia especial! Sempre me emociona. Não tenho ideia de quem é o cara que me manda o dito e-mail anual. Nunca o vi e não lembro se já foi cliente meu, se é meu dentista ou um filho da puta qualquer que se aproveitou de um formulário mal preenchido em alguma loja para me adicionar na lista de e-mails dele. Nunca vou saber. Também nunca vou saber de onde ele tirou que o dia 27 de abril é meu aniversário. Estou pouco me fodendo. Aproveito e vou comemorar, emocionado, feliz da vida. Todo ano.

O trabalho em si é simples e metódico. O cliente manda um texto. Uma colcha de retalhos redigida por um engenheiro alemão esquizofrênico, traduzida automaticamente por um aplicativo de terceira, transcrita por uma velha surda com Parkinson num teclado sujo, com teclas faltando, no escuro. Arrumo essa zona, e é para arrumar isso que eles me pagam.

Saio pouco de casa, raramente vou muito além da minha quadra, e é um evento se atravesso a avenida que leva para fora do meu bairro. Aqui eu tenho o que preciso. Um jornaleiro que só vez ou outra lembra os meus pedidos, e é garantido que está com aquela edição em falta e erra no troco até quando o preço é inteiro. Tem a barbearia que eu frequento uma vez por mês. O sujeito faz um trabalho tão porco que não é raro eu interromper o papo para checar se ele está olhando o que está fazendo.

— Ficou bom? — ele me pergunta, com um espelho na minha nuca que não reflete porra nenhuma que me sirva para fazer uma avaliação razoável. Foda-se. Está sempre uma merda.

— Beleza, seu Oswaldo. Tá joinha.

Ele tira de cima de mim aquele avental de plástico preto encardido com o logotipo da barbearia feito por algum sobrinho disléxico e pago pela conversa sobre futebol e política.

Não troco de barbeiro por preguiça. E porque não encontrei outro na região. Chego a sangrar pelo nariz ao pensar em atravessar a avenida e sair do meu bairro só para cortar o cabelo. Já pensei em deixar essa merda crescer e efetivamente já o fiz, também por preguiça. Não é difícil. Não exige esforço ou dedicação, nem talento. Fica feio. Meu cabelo cresce disforme, preto pastoso, com alguns fios brancos nas têmporas que não me dão distinção alguma, liso, meio ondulado, meio indeciso, caindo nos olhos. Fico parecendo um guerrilheiro de filme da época da ditadura que não toma banho. Como não me encontro com ninguém, não faz nenhuma diferença. Nem pra mim. Tempos depois voltei a cortar essa bosta de cabelo porque o barbeiro me viu na rua, me cumprimentou, perguntou por que fazia tanto tempo que eu não aparecia por lá, e fiquei sem jeito de responder que estava de saco cheio de cortar o cabelo com ele. Tive de voltar.

O lugar mais importante para mim aqui no bairro — e, portanto, no mundo — está logo em frente ao meu prédio: o botequim. O meu banquinho no botequim é o único assento que rivaliza em tempo de uso com a minha cadeira do computador. Digo "meu banquinho" com certa licença literária, pois me sento onde dá e, quando não dá, fico de pé. E não se deve associar, de forma alguma, a palavra "botequim" com álcool. Na verdade, bebo pouco. "Pouco até demais", reclama Aloísio. Eu frequento o lugar para bicar café ruim, comer porcaria e respirar a pura fuligem gordurosa que flutua pela atmosfera da rua.

Eu disse pura? Não é pura. Vem contaminada com o bodum dos outros *habitués* desse boteco, que são tão menos lavados do que a média corpórea nacional. Junta-se também a fumaça de cigarro barato e um monte de doenças e germes que se procriam naquele canto de rua apertado.

Esse é um aroma especial que meu cérebro aprendeu a associar com comida. Pode ser um terrível choque para quem lê isso, mas o fato é que não sou um *gourmet*. Chef Michelin para mim é o Edinilson, o dono da birosca. O botequim mesmo deve ter nome, mas nunca me preocupei em saber. Ficou sendo Edinilson também, que é como a galera do bairro chama o lugar. O picadinho com fígado servido ali é mais que refeição, o café de trasantontem, cuidadosamente envelhecido numa térmica de aço inox com muito açúcar, é o que tem de mais fino.

Café da manhã eu como no meu cantinho grudento do balcão do Edinilson. Chego lá em torno das oito da manhã, me juntando à congregação de mal-aventurados que bicam o café retinto, sento-me e abro o jornal que trago comigo. Não dou bom-dia nem ordeno o que trazer. Não preciso. O atendente, de quem nunca lembro o nome porque vive trocando, também não precisa perguntar o que quero; se está há mais de dois dias no serviço, já sabe me trazer um prato com um pão na chapa, um pedaço de goiabada e um copo de café com leite escaldando, a nata do leite fervido trocentas vezes formando uma crosta marrom e grudando na borda do copo. O jornal, invariavelmente, me deprime, mas leio de qualquer forma. Coisa de gente viciada. O pão é um pouco sebento e o café tem gosto de velho. Por isso leio o jornal: preciso de algum estímulo, algo ruim para me garantir que tem coisa pior do que a qualidade da refeição.

O melhor mesmo de descer pro Edinilson e ficar ali é o caos e o movimento. É a porcariazinha de uma rua secundária. Se eu fosse prefeito, proibiria até a passagem de bicicleta, mas aqui circulam ônibus e caminhões ainda movidos a carvão. Não passa nem um fio dental nessa porra, e esses degenerados da Prefeitura fazem passar duas linhas de ônibus, deixam estacionar carro e, para foder de vez com o trânsito, caminhões param para carga e descarga dia e noite. Sempre em fila dupla, os putos. Uma zorra. Não tenho carro, então estou pouco me fodendo para a mobilidade na região. Na remota possibilidade de eu ter que dar uma saída do bairro, pego um ônibus na avenida.

Vai aqui uma amostra de um dia qualquer: um caminhão tenta dar ré, sabe Deus o motivo. Enquanto isso, um velhinho num Opala marrom tenta manobrar para sair de sua vaga de estacionamento, pequena demais para o carro enorme. Mas ele não pode, porque tem um carro parado em fila dupla logo atrás dele, esperando justamente pela vaga. O carro em fila dupla (um Santana prata velho) não ajuda a abrir espaço pro velho sair. Pelo contrário. Fica ali buzinando, sem deixar o Opalão passar, enlouquecendo todo mundo ao redor. Atrás daquele Santana buzinador está outro carro, também buzinando. O cara não tem nada a ver com a bagunça, mas quer passar. Só que não pode, porque o caminhão está na outra pista, dando ré. Ou melhor, tentando dar ré, mas não pode porque não tem espaço, porque algum espertão já tentou ultrapassar o Santana e deu de cara com o caminhão dando ré. Enquanto a rua está parada, quatro crianças aproveitam para atravessar e quase são atropeladas por um ciclista que se esgueira entre os carros e está cagando para os pedestres, que estão pouco se fodendo para ciclistas. Um vendedor de água tenta fazer negócio em meio ao barulho de buzinas, enquanto se esquiva de um guardinha fingindo que distribui multas, mas está lá só de passagem, e com certeza vai tentar pegar uma garrafinha de água de graça. Isso em um único lance de um dia qualquer. Em poucos minutos, a ação se desenrola e se desenvolve. É bem melhor que televisão. É tridimensional e com cheiro. Muito cheiro.

Eu desço para o Edinilson várias vezes por dia para bicar o café velho, que me sabe a salvação. Pareço um narcômano em abstinência a cada duas horas. E só a merda de café do Edinilson me salva. Desço lá e de pé mesmo fico olhando a rua enquanto bebo. Às vezes, tento a sorte e como também um sonho de nata esquecido no fundo do balcão desde os tempos do Jânio Quadros.

CAPÍTULO 2

Um dia, Aloísio chegou todo animado dizendo que a gente ia ficar rico.

— Cara, vou dizer pra você. A gente vai ficar rico! Sabe o que vende? Mas vende mesmo? Livro de autoajuda!

— Sei. E?

— Cara! Vamos escrever um livro de autoajuda! — Ele piscava muito, mexendo nos cantos dos olhos com as costas das mãos, sem conseguir olhar pra minha cara.

— Vamos? Vamos quem?

— Você escreve, eu edito e publico... Nem sei como não pensei nisso antes!

— Você não pensou nisso antes porque é uma ideia horrorosa. Eu mal consigo ajudar a mim mesmo, não tenho qualificação alguma para ajudar ninguém. Além disso, para de me dar banca de escritor. Entendo porra nenhuma de escrever.

— Que isso, cara? O plano é perfeito! Você vai tirar de letra! Porra! Tem cada loser escrevendo livros de autoajuda por aí, fazendo copy-paste de figurinhas "amar é" e tirando uma grana federal disso! É mole! Vem! Vamos descer pra um café e lá te explico.

Fui. Não para ouvir o plano, que certamente não ia levar a nada. Eu conhecia a bisca e essa não era a primeira ideia cretina que ele me empurrava, mas pelo café, assim que para mim dava na mesma. Sentamos num canto grudento qualquer do balcão. Sem eu sequer pedir, dois cafés velhos, ultraquentes, pararam na nossa frente em copinhos de vidro manchados por dentro e mal lavados por fora. Depositei minha quantidade regular e obscena de açúcar e misturei com a colherinha porca, espalhando um açude para fora do copo.

Um Fiat 147 da época da Guerra dos Canudos passou sacudindo sua carcaça enferrujada pela rua, fazendo um barulho infernal, enquanto o motorista comia um misto quente, buzinava e suava muito numa regata manchada. Quando passou e conseguimos enfim ouvir um ao outro, Aloísio continuou a explicação com sua voz gorda, emendando as palavras:

— Olha só que moleza: você dá uma fuçada na internet, busca algumas frases de efeito, dá uma amarra aqui, outra acolá e pimba! Temos um livro de autoajuda. — Ele gesticulava para demonstrar o que queria dizer com "amarra aqui, outra acolá e pimba", como se o nível do estelionato ficasse mais claro. — Mesmo vendendo mal, a gente pelo menos zera a primeira edição. Depois a gente remenda com a introdução de algum picareta pra segunda edição. A gente aproveita a publicidade para escrever um segundo livro... Daí é viver de dar palestra! Cara, sabe quanta mulher dá pra comer dando palestra?

— Não faço ideia...

— Quilos. Toneladas. Cara, tu põe um terno legal, sem gravata. Um relógio de ouro e... Nossa, maior barbada! Mas, assim, tem que ser um negócio mainstream. Tem que ver qual tipo de filosofia está na moda. Teve a época do Sun-Tzu, quando tudo era *Arte da guerra*. Arte da Guerra dos Empreendedores, Arte da Guerra dos Designers de Sobrancelha, Arte da Guerra de qualquer coisa. Mas aí saturou o mercado. Vamos ver a quantas vai a onda new age... Tá com cara de que vai fazer um come-back forte. Sabe, né? Budismo, hinduísmo, essas porras. Projeção mental. Pensa aí em algum termo novo, um negócio de aparência científica, alguma coisa rimando com "neural". Ou quântico. Quântico é bacana, né?

— Sei... — disse por dizer, nem que fosse para ele achar que estávamos juntos nessa fantasia. Depois de anos eu ainda não fazia ideia de como responder ao Aloísio quando ele inventava esse tipo de coisa.

— Entra aí numa livraria de shopping e dá uma folheada no que existe pelo mercado. Pergunta lá o que tá vendendo bem e vê o que o pessoal anda pagando para ouvir em palestra por aí. Tem bastante coisa boa pra aproveitar, você nem precisa ser muito original.

— Vou ver — respondi, sabendo que não ia ver boceta nenhuma. Mesmo sabendo também que, no final, eu não ia ter escapatória e, quando estivesse pescando os olhos na frente de um livro, antes de dormir, essa ideia estúpida iria se infiltrar nos meus neurônios e nunca mais ia conseguir fugir desse plano vulgar do Aloísio. Mas naquele momento estava convicto. Não ia ver porra nenhuma.

Aloísio é uma criatura movida pelo próprio medo e ansiedade que, junto comigo, acabou caindo nesses becos obscuros dos recôncavos esquecidos do mundo das letras. Eu, traduzindo, editando e corrigindo texto alheio; Aloísio, tocando uma revista literária que ninguém sabe o que dá mais: prejuízo ou dor de cabeça. Aloísio me visita de vez em quando. Trabalha perto da minha casa. Também vive sozinho, mas tem medo que aconteça alguma coisa com ele e as pessoas só descubram depois de dias, semanas, meses sem ele atender ao telefone. Precisa manter contato com o resto do mundo. Por isso ele vem me visitar. Vem bater ponto e garantir: alguém na Terra vai sentir sua falta, se sumir por mais de dois dias. Um plano definitivamente lamentável, já que eu só iria reparar no desaparecimento duas ou três semanas depois.

— Se acontece alguma coisa comigo, você saca logo e me manda ajuda.
— Claro! — sempre respondo.
— Afinal tô o tempo todo aqui. Você vai notar, né?
— Evidente.
— E assim que eu parar de aparecer, vai ligar pra alguém.
— Pode apostar.
— Tu é um puto, né? Não tá nem aí se eu morro ou não, não é?
— Mentira. Me importo, sim. Quero tua coleção da revista *Mad*.

Aloísio me acha um puto, mas continua vindo. Acha o café do Edinilson uma bosta, mas continua tomando. Concordo com ele. Sou um puto, e o café é uma bosta mesmo. Na verdade, ele vem aqui porque precisa encher a cabeça de alguém de ideia ruim, e porque todos os seus outros amigos são casados, quase todos com filhos. Eu paro para prestar atenção às ideias ruins dele e aos seus papos de solteiro inveterado. Ele pode ser um cara um pouco paranoico, mas se dá bem com as mulheres. Especialmente as que não o conhecem direito.

— É que eu tenho cabelo bonito.
— Você tem é mau caráter.
— Não, é sério! Cabelo bonito. E cheiroso. Cara, o efeito que isso dá! Se você se valorizasse mais e cortasse seu cabelo num lugarzinho um pouquinho melhor, ia ver a diferença.

Ele tem mau caráter mesmo. E cabelo bonito. É um excepcional enrolador. Fala merda pelos cotovelos, até já ser tarde demais e ele ter enchido sua cabeça de ideia ruim. É por isso que, mesmo solteiro, dificilmente está sozinho. E é por isso que aquela porcaria de revista literária que ele leva com a barriga ainda não foi à falência.

Aloísio tem um rosto esbelto que chama a atenção não pela beleza, mas porque tem as expressões faciais em completo desacordo com o que diz, atrai as pessoas enquanto as deixa indagando o que há de errado na cara dele. Aloísio é grandalhão, gorducho e alto pra caralho. Acho que anda curvado, com medo de bater em alguma coisa no teto. Tem cara de querubim renascentista, de cabelão preto, ondulado e brilhante, comprido até o pescoço. Quase não tem sobrancelhas, e muito pouca barba, sempre aparada. O que o torna especialmente esquisito são as caretas que sempre faz. Dão a impressão de que está o tempo todo com a vista contra uma lanterna muito forte, ou pensando com muita intensidade em um problema sem solução.

Aloísio tinha sido uma fonte constante de péssimas ideias por tanto tempo que eu ainda não conseguia entender direito como seus planos alguma vez me pareceram razoáveis. Nunca aprendo.

Foi assim quando ele me propôs dar aulas, quando me botou na cabeça a ideia de ligar para a Érica, quando me chamou para escrever para a revista dele.

Beleza! Agora fico pendurado em Powerpoint toda semana, durmo pensando no que fazer com a Érica, e tenho que bater ponto e entregar uma bosta de artigo todo mês para essa porcaria de revista. O pior é que, juro por Deus, nem sei como fui concordar com isso.

— Bem que você poderia colaborar na revista, né?

— Que revista?

— Que revista? A minha revista, retardado!

Respirei fundo e não disse nada por um tempo. Mas, se não respondesse, o puto do Aloísio não ia parar de encher o saco pelo resto da vida.

— Porra, Aloísio, eu não entendo porcaria nenhuma de literatura. Quase todos os meus clientes são acadêmicos.

— Isso! Belo assunto! A forma literária no campo acadêmico.

— Forma de cu é rola. Acabei de dizer que não entendo de literatura. Muito menos do mundo acadêmico.

— Bobagem! Você é topo de linha. Seu texto vai bombar.

— Você vai pagar pelo artigo?

— Claro que vou — ele disse naquele tom de voz ofendido que era pura certeza de que eu nunca ia ver um puto no meu bolso. — Além disso, tem o prestígio e a clientela que o segue.

— Putz, Aloísio, não sei... — eu respondi, suspeitando que o prestígio era duvidoso e a clientela que o segue, idem.

— É só uma vez por mês. Que te custa? Faz enquanto você está esperando um e-mail ou uma ligação.

Eu ia dizer que ninguém me liga, graças a Deus, e achei ótimo não ter dito, porque depois que aceitei chegava dia 20 e ele não parava de me pentelhar no telefone para eu mandar a porra do artigo. No mês seguinte, parei de atender às ligações — qualquer ligação — a partir do dia 20 do mês, até o momento em que mandava o arquivo. Minha mãe ficava puta por eu não atender nem ao menos às ligações dela. Foram três meses fazendo isso para que os dois (Aloísio e minha mãe) entendessem: eu não estava nem aí para os protestos deles, e não adiantava reclamar. Não ia mais atender ao telefone. Já fazia quase um ano que todo mês, religiosamente, eu mandava o artigo no dia 28 (o prazo era dia 27). Érica uma vez me perguntou se era algum tipo de transtorno psiquiátrico isso de não atender ao telefone depois do dia 20. Respondi pra ela que era contra minha religião. Ficou nessa.

Toda essa história de ganhar dinheiro escrevendo livro começou uns tempos atrás, com uma das piores ideias que o Aloísio botou na minha cabeça: escrever livros infantis.

— Eu sei que você conta umas histórias mó legais pros seus sobrinhos!

— Peraí... Como é que você sabe disso, Aloísio?

— Sua mãe me contou.

— E desde quando você fala com a minha mãe?

— Teve uma vez que ela estava aqui, você estava lá embaixo tomando café, ou xavecando a garota do xerox, ela abriu pra mim e eu fiquei conversando com ela. — Ele explicou com os olhinhos piscando, sem olhar direito na minha direção.

Aí fiquei puto. Como assim, a velha conhece Aloísio?

No mesmo dia liguei pra minha mãe.

— Mãe! Você está proibida de falar com Aloísio!

— Que doçura de rapaz! Como foi que você nunca me apresentou ele? Que cabelos lindos!

— Mãe! Você tá proibida de abrir a porta pra ele. Aliás, pra qualquer um.

— Oras! Deixe de ser chato, meu filho. Aloísio é um bom moço.

Aloísio é um monstro.

A lógica dele era que livro, livro mesmo, vende pouco. Mas livros infantis, quando pega, dá pra vender uma caralhada nas escolas e nas secretarias de educação. Rende uma grana!

Aleguei que não sabia escrever, era um péssimo prosista e entendia picas de poesia. E que as minhas histórias também tinham qualidade bastante suspeita. Não adiantou. Aloísio estava convencido e, de forma enlouquecedora, tinha me convencido também.

Lembrei-me de uma viagem que fiz, alguns anos antes, com meus sobrinhos. A família inteira foi para Termas de Caralho Longe da Porra. Minha irmã e meu cunhado só poderiam ir alguns dias depois, então levei os meninos antes para aproveitarem os dias de férias.

Pra mim estava ótimo. Adoro meus sobrinhos e estava precisando mesmo sair um pouco da minha toca. O problema era grana, mas o animal do Aloísio me devia dinheiro (pra variar), então mandei ele tomar no cu, parar de me enrolar e me mandar um cheque logo.

— Tó! Mas você ainda tá me devendo o texto deste mês!

— Volto dia 30. Quando eu chegar, te mando. — O texto já estava pronto. Eu disse isso só pra deixar ele puto.

Botei os dois garotos no carro e tocamos para a estrada. Deu mais ou menos meia hora e o joguinho eletrônico parou de funcionar. Mais quinze minutos, eles começaram a pentelhar:

— Tio-ô... Ô, tio!

— Que foi?

— Tá chato. Não tem nada pra fazer.

— Faz palavras cruzadas.

— Quê?

O mais velho tinha seis anos, não gostaram muito da ideia.

— Conta vacas. Olha pela janela e conta por quantas vacas a gente passa.

— Uma... duas... Ali tem um monte! Duastrêsquatro... Mais devagar! Seissetoitonove... Dez vacas!

Ele cansou nos 37. Ou então não sabia contar mais que isso.

— Tiô! Tá chato!

— O que você quer que eu faça, Roberto?

— Conta uma história.

— Eu não sei contar história.

— Mamãe disse que você é escritor. Você tem que saber contar histórias se você é escritor.

— Quem sabe contar história é político. E eu não sou escritor.

— Conta uma história!

— Beleza... Que história você quer que eu conte?

Eu vi pelo retrovisor que ele ficou pensando na minha pergunta, fazendo uma careta e franzindo o nariz. Daí fez que não sabia com os ombrinhos.

— Tá, deixa eu pensar... Vou contar a história de um... coelho.

Roberto se animou, meio que não acreditando que o pedido dele estava sendo atendido.

— Qual era o nome do coelho, tio?

— Coelho.

— Não pode.

— Pode, sim. Esse coelho se chamava Coelho Coelho Neto, em homenagem ao avô que também se chamava Coelho.

Agora ele ficou em dúvida e me olhava pelo retrovisor um pouco confuso.

— Pois é. Esta é a história do coelho Coelho Coelho.

— Coelho Coelho *Neto*. Que o coelho Coelho Coelho era o avô dele — Roberto me corrigiu.

— Isso... Isso... Essa é a história do coelho Coelho Coelho Neto. Só que os amiguinhos dele não conheciam o avô do Coelho. Então chamavam o coelho só de Coelho Coelho. Enfim, essa é a história do Coelho

Coelho, que vivia num bosque. Então, um dia, o Coelho Coelho decidiu que estava cansado de comer cenoura.

— Eu aprendi na escola que coelhos comem cenoura.

— Comem. É isso aí. Mas, então, a história é a seguinte: o coelho Coelho Coelho cansou de comer cenoura. Ele falou pra tartaruga: "Tartaruga! Eu cansei de comer cenoura!", e a tartaruga respondeu: "Mas, Coelho, você vai comer o quê, então?".

Nesse ponto parei para refletir. Pergunta legítima essa, que a tartaruga fazia, que me ocorreu só na hora em que cheguei nessa parte da história. O que não me vinha era uma resposta. Meu negócio mesmo era enrolar.

— Qual o nome da tartaruga?

— Aureliano Chaves. — Os dois meninos no banco de trás começaram a rir do nome. — Mas o pessoal chamava ele de Lenito da Ditadura. Então o Coelho Coelho disse: "Sabe o que é? Cansei de ser vegetariano. Eu vou é pra uma churrascaria rodízio!". E foi mesmo! Aureliano passou umas dicas para o Coelho Coelho das melhores churrascarias do bosque, as que aceitavam vale-refeição e cupom de desconto. Daí o coelho suspeitou: "Mas, Aureliano, como você sabe tudo isso?". Aureliano explicou que quem vivia só de alface era top model. Ele gostava era de picanha.

— Tio Geraldo, o que é *topimódeu*?

— É uma moça bem magrinha que anda de lá pra cá, usando roupas esquisitas e ganhando uma tonelada de dinheiro. E que só come alface.

— *Topimódeu* é uma palavra feia, tio? Mamãe disse que você fala um monte de palavra feia e que a gente não pode repetir.

— Não existem palavras feias, Roberto. Tudo depende do contexto.

— *Topimódeu* é feia no contexto?

— Não. Top model nunca é feia. Em nenhum contexto. As roupas, às vezes, são.

— Mas e o coelho?

Droga! Eu achei que ele tinha esquecido.

— O coelho é bonito. Em quase todos os contextos.

— Não, tio! O Coelho Coelho!

— Ah, sim... O coelho foi lá, feliz da vida, pulandinho, até o restaurante que a tartaruga recomendou. Aí ele entrou e foi recebido pelo garçom.

"Oras, um coelho! Olá, coelho! Seja bem-vindo!", e foi empurrando o coelho para uma cadeirinha que estava ao fundo, perto da cozinha. Aí, quando o coelho reparou, achou que era perto demais da cozinha e foi sentar em outro canto. O garçom, prestativo e curioso com o fato de ter um coelho entrando no restaurante pela porta da frente e não pela despensa, foi ver o que ele queria. Aí o coelho respondeu: "Quero comer carne de urso!".

Puta que pariu! Esse era o problema de improvisar. Como ia sair dessa agora? A gurizada pareceu gostar do rumo da história, então, foda-se, resolvi continuar.

— O coelho decidiu que queria comer carne de urso. "Peraí... Como é que é?" O garçom ficou curioso com essa história de coelho na churrascaria querendo comer carne de urso. Daí Coelho Coelho explicou: "Ó, a galera lá da floresta diz que urso come carne de coelho. Eu fiquei puto, sabe? Então decidi que eu quero provar carne de urso". O garçom achou muito justo e foi até a cozinha, quando o coelho chamou de novo: "Seu garçom, mas eu quero comer carne de um urso vegetariano. Vai que o urso comeu um coelho, e daí eu vou ter que comer carne com sabor de coelho. Vai ser bem esquisito um coelho comendo carne de urso com sabor de coelho, né?".

Meus sobrinhos rolavam de rir no banco de trás.

— O garçom achou que a explicação fazia sentido e foi até a cozinha levar o pedido. Nessa hora, saiu de lá um urso vivo putaço da vida, gritando: "Escuta aqui, seu coelho! Que história é essa de coelho comer carne de urso?". Aí o coelho se cagou inteiro. Já pensou? Um ursão daqueles? Com gravata de Zé Colmeia e um broche do Greenpeace? "Opa! Peraí, seu urso, peraí!" E o urso: "Peraí é o cacete, que meu nome não é Urso. Meu nome é Aureliano Chaves!".

— Mas, tio... Aureliano Chaves era o nome da tartaruga.

Ih... Ele tinha razão, tive que emendar o erro.

— Boa, garoto! Tá prestando atenção, hein? O nome dele era Jarbas Passarinho.

Roberto gargalhou, e eu fiquei tentando entender de onde tinha surgido esse meu fetiche por ministros da época da ditadura.

— Aparece então o urso, puto da vida, e o coelho começa a se cagar inteiro. "Peraí, seu Jarbas…" E o urso interrompeu: "Seu Jarbas é a vovozinha. Doutor Passarinho. E explique aí, que história é essa de comer carne de urso?". O coelho explicou que história era aquela e o urso ficou muito preocupado. "Quer dizer que ursos comem coelhos? Precisamos fazer algo a respeito disso." Os dois, coelho e urso, saíram da churrascaria juntos e foram a um restaurante de comida vegana. Em seguida, abriram uma ONG de militância social que luta pelo empoderamento animal vegetariano, a que deram o nome de Ursos e Coelhos Sem-Terra e pela Agricultura Orgânica Sustentável (UCSTAOS). Abriram uma lojinha de artesanato de refugo industrial, e a galera da floresta decidiu que eles eram chatos pra caralho. O urso e o coelho se mudaram para Berkeley, onde vivem até hoje como casal misto. Adotaram um morcego que os deixa acordados a noite inteira. Mas até hoje o coelho acorda à noite, olha pro lado e imagina que gosto tem carne de urso. Fim.

Transcrevi essa história como pude e a enviei pro Aloísio. Dois dias depois, ele me manda um e-mail dizendo que amou, mas achou que ia ser difícil vender essa porra para escolas. Respondi para ele que as escolas tinham mais era que se foder, e ele replicou concordando. Mas, ainda assim, tinha que vender. Em seguida, escrevi a história do Jabuti-de-Chapéu que, sempre que se encolhia para dentro do casco, o chapéu lhe caía da cabeça. Os caras amaram. Depois dessa, foi a historinha do dragão resfriado. Quando espirrava, ele soltava fogo, e não podia ir para o médico, porque o doutor sempre morria chamuscado. Essa fez menos sucesso, mas até que vendeu.

E foi assim, com o pseudônimo de Giordano Hammin, que tirei minha conta do vermelho, dei uma bicicleta pro Roberto (e um triciclo pro Luís) e comprei um computador novo. Tudo com uma bosta de ideia que fez eu me sentir um prostituto de baixíssimo meretrício. Pior: fodendo as ideias. Pior ainda: com o nojento do Aloísio. De vez em quando ainda pingam uns royalties na minha conta. Aproveito e, com algum nojo e nenhum escrúpulo, comemoro tomando uma Fanta, em vez de pedir um copo d'água na hora do almoço no bar do Edinilson. Segui sendo um fodido — não me entenda mal, não vou poder me aposentar aos quarenta e viver o resto da minha vida viajando pelo mundo e tirando foto de natureza. Nem vou poder comprar um duplex na praia. Também não vou conseguir um carro usado com o que ganho hoje. Mas já faz um tempo que ando com o aluguel e o condomínio em dia, o suficiente para me sentir um magnata. Em seguida, publiquei o agora clássico infanto-juvenil *O elefante zarolho*, que não sabia que era elefante porque não conseguia ver a própria tromba.

Dois dias depois de bolar a genial ideia de escrever a meleca do livro de autoajuda, Aloísio voltou lá em casa pra me aporrinhar com esse plano cretino. Achei que já tinha se esquecido e ia me deixar em paz desta vez.

— Cara! Falei com um editor amigo meu. Ele gostou da ideia e tá até a fim de financiar.

— Financiar o quê? Do que você tá falando?

— O livro de autoajuda que vamos escrever.

— Vamos? Vamos é o caráleo! Seria "vou", do verbo "você vai". E não vou, porque é uma ideia cretina. Não vou me meter nessa. Tem bastante gente séria vivendo nesse mercado, e eu sinto como se estivesse fazendo piada deles. Além do público: gente honesta vai atrás de ajuda e acaba encontrando uma porcaria de produção feita por dois fodidos que vivem de café ruim. Foi mal, Aloísio. Aliás, foi mal nada. Não vou pedir desculpas. É uma ideia cretina.

Aloísio, exaltado, tentou ajeitar a postura torta para falar:

— Eita! Deixa de ser lerdo. A maior parte de quem escreve essas coisas é picareta mesmo. Além do mais, que diferença faz se esse povo que busca ajuda encontra conforto no livro de um picareta ou no seu? O cara se sente melhor? Lava a alma? Acorda no dia seguinte com esperança? Seu trabalho já foi feito. Não importa se você se inspirou em Buda, em Cristo ou num blog pornô.

— Importa. Importa, sim. Pra mim, importa. Não vou fazer parte dessa farsa.

Minha consciência ia vencendo, até que dois dias depois ele apareceu na minha casa com um cheque cujo adjetivo para descrever o valor me escapa pela emoção. Mas era algo nos moldes de "pintudo", "caralhudo", ou algo mais pio, como "Jesus! Maria! José!".

— Metade agora, em adiantamento. A outra metade quando publicar. Isso é pela primeira edição. Nas outras, o valor é por porcentagem de venda.

Cacete! Esse cheque é pra ser só a primeira metade?

— Isso é sério?

— Cê tá me vendo rir?

— Estou.

— É de alegria, mané! Agora o negócio é sentar a bunda nessa sua cadeira e escrever. Tó! Trouxe uns livros pra você se inspirar. — Ele foi amontoando uns quinze ou vinte livros sobre a minha mesa da sala. — Dá uma lida se você aguentar. Vê o que você consegue achar de bom neles. Eu cheguei a dar uma olhada. Por mim, nada disso aqui presta. Mas esse negócio vende, então preste atenção e tente extrair alguma coisa útil disso.

Olhei para aquele monte que Aloísio tinha despejado na minha mesa e instintivamente entendi que ia me arrepender de ter aceitado escrever essa bosta muito rápido.

— Que boceta, Aloísio... Não sei. — Eu estava puto, mas também amolecido pela caralhada de zeros escritos no cheque. — Sei lá, cara, eu não sei se sou a pessoa certa pra escrever essa merda.

— Você já leu essas coisas aí? Jura que você acha que não consegue escrever melhor?

Este era o meu medo: ler aquela pilha de livros e descobrir que não, eu não conseguia escrever nada melhor que aquelas coisas.

CAPÍTULO 3

Quando Aloísio saiu, folheei algumas páginas dos títulos mais chamativos. O primeiro livro misturava obviedades com mentiras socialmente aceitáveis. Os nomes dos capítulos me deixaram sem graça. "Você é o comandante da sua vida!" e "A hora da verdade é agora!". O quarto livro misturava má ciência com canalhice. Era o caralho a quatro quântico, Max Planck devia estar se revirando no túmulo. O princípio de Heisenberg desses filhos da puta era um "tudo é relativo", numa mistura de Einstein com a piroca do raio que o parta. O sétimo, bem... O sétimo eu virava página por página, tentando entender. Comecei a ter uma sensação ruim em algum lugar no meu corpo, no local que meu precário conhecimento de anatomia indicava ser o baço. Um calorão me subiu pelas entranhas e eu não conseguia mais respirar. Larguei o livro. Larguei, não, joguei longe. Peguei outro, *A mágica do qualquer-coisa*. Um negócio de nome genérico, como remédio. Me esqueci de falar para o Aloísio da minha alergia a clichê. Naquele livrinho estavam todos, parecia um dicionário de clichês corporativos. Estavam lá: visão holística, zona de conforto, empoderamento. Meus pulmões retinham cada vez menos ar, e a minha respiração estava começando a ficar cada vez mais difícil. Eu salivava suor frio. Gosto de bile na boca. Dor de cabeça. Náusea. Meu coração batia descompassado. Larguei o *Mágica do qualquer-coisa* e tentei outro livro, sem me dar conta: era aquela pilha sem sentido que estava me fazendo mal. Uma mão gelada parecia me pegar por trás e segurar meu pescoço. Chutei os livros e saí de casa tremendo. Desci as escadas do prédio pulando de dois em dois degraus, achando que ia vomitar.

O ar poluído, mais fresco que o do apartamento, fez eu me sentir um pouco melhor. Fui em direção ao Edinilson. Passei em frente ao xerox (dez centavos a cópia preto e branco, trinta a colorida). Rosa, a moça que atendia, estava ali atrás do balcão. Ela sorriu e esboçou um bom-dia amável, depois de abaixar o livro que estava lendo. Era um daqueles que eu tinha acabado de folhear. Em desespero, atravessei a rua até o bar, como se tivesse acabado de ver o fantasma do Paulo Coelho. Tadinha. Ela não deve ter entendido nada. O botequim estava muito cheio, e eu, ainda sem ar, tive que erguer alto minha mão para pedir um café.

A bebida chegou algum tempo depois, quando já tinha recuperado o fôlego e achado um lugar em frente ao balcão. Despejei açúcar no café e misturei, ainda sem controle completo sobre meus movimentos, deixando uma poça marrom no balcão de vidro riscado, e comecei a bebericar, queimando a língua e os dedos, um pouco mais calmo.

— Das duas uma, homem! Ou você viu um fantasma, ou tá fugindo de algum cobrador.

Era o Xaxim. Xaxim era um velho jornalista policial recém-aposentado que tinha o péssimo hábito de frequentar aquela porcaria de botequim. Eu o conhecia dos tempos da faculdade. Reencontrei o velho poucos dias depois de me mudar para cá, sentado ausente do mundo, no seu canto, tomando café ruim no que veio a se tornar o *meu* botequim.

Xaxim nunca chegou a me dar aulas. Ele ensinava escrita criativa na faculdade de jornalismo. Dividia sua sala com o professor Elias Januário, do Departamento de Filosofia, onde eu fazia mestrado. Professor Januário ensinava Fenomenologia e Hermenêutica — o que é outra maneira de dizer que tinha tanto desprezo pelo Universo quanto o Universo tinha por ele. Fico pensando no que isso pode dizer de mim por ter gostado dessa cadeira.

Várias vezes Xaxim foi pego no meio de uma discussão estilística a respeito de algum trabalho entregue por mim em que eu discordava do veredito do professor. Num dia em que eu estava especialmente certo e o professor especialmente teimoso, Xaxim interrompeu aquilo que começava a se tornar uma briga, me puxou pelo braço e me levou para tomar uma cerveja, tentando me acalmar, antes de o confronto se transformar num sério risco de reprovação. Nos tornamos amigos. Já na época, Xaxim exibia sua cabeleira branca que metia tanto respeito quanto seu sorriso cheio de picardia tirava. Não levava nada a sério e, por isso mesmo, gostava de observar o vaivém dos alunos para a mesa do seu colega de sala. Para ele, tudo era muito divertido. Aquela minha briga, inclusive.

Quando o vi ali no Ednilson, já me senti melhor. Percebi que não estava respirando e recuperei o fôlego. Consegui juntar voz para responder ao velho:

— Fantasma...

Xaxim continuou tomando seu café, mas deu um sorriso irônico, de dentes fortes, amarelados, retos de gastos.

— É... Isso acontece muito na minha profissão. Que tipo de fantasma você viu dessa vez?

— Acho que foi aquele tipo que vem puxar dedão de noite quando você dá um passo maior que a perna.

— Ah, esse tipo... — Deu mais um demorado gole no café e puxou pelo resto do assunto. — Que é que você anda inventando agora?

Contei para ele a empulhação em que o Aloísio me meteu dessa vez.

— Autoajuda, é? Mas, rapaz, escrever livro de autoajuda não é assim. Não basta colecionar livros e tirar ideias de frases de efeito. Você tem que ter um diabinho. Você já tem um diabinho?

— Oi?

— Diabinho... Desses que vivem numa garrafa.

— Do que é que você tá falando, Xaxim?

— Uma vez conversei com um escritor desses livros aí, de autoajuda, e perguntei como é que ele fazia para escrever essas coisas. Eu sabia que ele não era especialista em nada, nem religioso, nem um cara de pau, nem mau elemento, nem mal-intencionado. Então fiquei curioso para entender de onde ele tirava aquelas ideias que escrevia. Ele me contou que tinha um diabinho ao lado do computador e que o consultava quando precisava de algum insight para o livro. Talvez você devesse ter um também.

— Diabinho...? Tipo diabinho, diabinho? Demônio?

— Diabinho. É. Demônio, Coisa-ruim, Capeta, Tinhoso. Mesma coisa.

— E como é que eu consigo um negócio desse? Tenho que ir em um terreiro de umbanda? Procuro um cabalista? Um padre exorcista?

— Não, não. Claro que não. Nada disso.

— Crio um em casa? Aquela coisa de furar dedo, pingar sangue no ovo de uma galinha preta?

Xaxim começou a rir.

— Não! Que nojo... Nada desse tipo de porcaria aí. Se você quer um bife, vai criar uma vaca em casa? Não, né? Vai ao açougue. Dá pra comprar o diabinho na feira, lá pra cima, na zona norte. Já pronto e criado, depois é só levar para casa.

— Vou ter que ir até lá pra comprar?

— Ia ser bom. Eu podia trazer um aqui pra você. Você me dá a grana e eu vou lá comprar. Mas é melhor você vir comigo pra escolher um a seu gosto, que atenda aos seus propósitos.

Eu estava na expectativa de que Xaxim prosseguisse no assunto, mas nos ativemos a um rápido acordo no fim da conversa: a gente se encontraria no centro da cidade em dois dias e de lá iríamos juntos à dita feira para comprar o dito diabinho.

Fazia tanto tempo que eu não usava transporte público, e tanto tempo que eu sequer saía do meu bairro, que a prefeitura já tinha mudado o lugar do ponto de ônibus e eu nem tinha me dado conta. Zanzei um pouco atordoado até achar onde pegar a linha para o centro.

Chegando lá, encontrei com o meu Virgílio, o Xaxim, e do centro da cidade partimos para adquirir um demônio engarrafado depois de cruzar minhas esferas do inferno. Pegamos outro ônibus e então mais um. Daquelas linhas que nunca se ouviu falar. Linhas que levam a lugares que parecem ter sido projetados para testar amortecedores de ônibus, hemorroidas humanas e os limites da civilização. Eu não conseguia imaginar jornada mais adequada para adquirir um demônio. Muita poeira. Muita avacalhação, descaso da Prefeitura, descaso do governo, descaso de Deus. Gente construindo edifícios feios, sem muito critério arquitetônico ou de engenharia, mandando a urbanização pra casa do caralho. Parecia que qualquer superfície era coberta de buracos. E de gente, muita gente. Parte dessa gente era só feia. A outra parte era feia e malcuidada.

Xaxim era um cara que eu só encontrava por acaso. Nunca combinamos nada. Cada cerveja que tomei com ele foi resultado de um esbarrão nos corredores da vida. "Pô! Xaxim! Pô, Geraldo! Tá apurado agora? Vem comigo!" Eu ia e sentava pra beber, contar e ouvir histórias. Mais histórias do que bebida. Mais dele do que minhas. Ele me iniciava nos segredos de algum canto obscuro da cultura popular, e eu reclamava da vida. A gente se despedia com um "vamos combinar" que nunca era combinado, e em algum momento fortuito nos esbarrávamos de novo.

Ele veio sentado ao meu lado, contando mais algumas histórias curiosas dos seus tempos de jornalista. Conheceu gente — aquele filho da puta — e lugares. Varou o mundo.

— Ali. Está vendo? — Meu Virgílio me indicou mais uma rua abarrotada do bairro, uma ladeira onde edifícios cresciam grudados uns nos outros. — Tem uma delegacia ali, mais pra cima naquela rua. Fiz muito plantão nesse buraco, meados dos anos oitenta. Vida de cão. Podia escrever um livro com as coisas que vi por essas bandas.

— E por que não escreve?

Xaxim começou a rir.

— Vai à merda, você e suas sugestões cretinas. Escrever livro... Que coisa mais idiota... Faroeste de subúrbio isso daqui. Eu trabalhava com um fotógrafo, Jeremias. A gente se envolvia em cada enrascada... Às vezes, a gente jurava que Deus não existia. Outras vezes, era certeza que só estávamos vivos porque Deus existia. E ainda tinha vezes que a gente achava que Deus tinha um senso de humor sinistro. Era muito Deus para dois hereges como a gente. Uma feita, saímos correndo atrás de um caso. A gente vê em filme que os jornalistas corruptos ficam ouvindo no rádio a frequência da polícia pra ir atrás de caso fresco. Bobagem. Era tudo na camaradagem. Capitão Lopez cutucava um moleque que saía correndo atrás da gente cada vez que tinha alguma coisa acontecendo. O moleque acordava com o cutucão e vinha nos chamar. A polícia, às vezes, até esperava a gente seguir atrás da viatura para chegar lá a tempo. Ganhavam por fora pela dica. Enfim, eu estava contando das nossas aventuras, minhas e do Jeremias. Outra vez, fomos atrás de um caso. Um elemento, completamente cheirado, tinha ido prestar uma visita à sua ex-esposa. Chegou lá, encheu a dona de porrada e depois afogou o filho deles na banheira, como vingança. O Jeremias, naquele dia, tirou umas fotos da cena e foi embora pra casa correndo. Só conseguiu voltar ao trabalho uma semana depois. Nunca mais falou no assunto. Ele tinha um filho em casa da mesma idade.

O tom animado de Xaxim não combinava muito com a história sombria. Não que eu estranhasse, porque essa animação dele parecia ser indiscriminada. Fico imaginando ele num velório com essa mesma energia. Estranho mesmo era ele falando de Deus, ainda mais quando estávamos a caminho de comprar um diabinho.

Xaxim pigarreou e olhou de novo pela janela. Depois seguiu.

— Mas tiveram casos menos dramáticos. Uma vez, quando a gente foi cobrir uma briga num bar que ficava ao lado de uma igreja. Estava tendo um casamento ali e os noivos vieram chamar o Jeremias pra tirar umas fotos do casório, já que eles não tinham dinheiro pra pagar um fotógrafo. Fomos lá. Ganhamos um pedaço de bolo. E esse nem foi nosso único casamento; um bandido nos chamou para o casamento dele quando o fotógrafo que ele tinha contratado deu o cano. Ele conhecia o Jeremias do dia em que entramos com a polícia num barracão onde ele estocava droga. Fomos para o casamento. O cara era um informante nosso e prometeu um monte de história. Ficamos sem história nenhuma, mas comemos bolo de novo.

Ele pareceu distraído por uns segundos, depois voltou e disse:

— Acho que o sujeito acabou morrendo um tempo depois. Foi morto pelo esquadrão da morte. O cara que na época era chefe do esquadrão é deputado estadual hoje. Ele jura por Deus que não tem nada a ver com tráfico e milícias. A gráfica que imprimiu os santinhos dele nas eleições passadas é do irmão de um dos chefes da milícia.

Xaxim mudava de um assunto para o outro assim que a gente passava por algum marco geográfico importante para ele.

— Ali, ó! Bem naquela rua eu tinha uma amante. — Ele deu um sorriso envergonhado que encheu seus olhos claros de rugas. — Engraçado... Agora posso contar essas coisas: minha ex já morreu, e meus filhos não falam comigo mesmo... Eu tinha uma amante, ela morava mais para aquele lado. Minha namorada. Que coisa melodramática ficar chamando amante de namorada. Você quer escrever um livro? Deixa o melodrama de lado. Isso é coisa de novela. Natacha... Nome russo! Era uma mulata pra lá de bonita. Eu gostava bastante dela. Foi ela que me levou pela primeira vez pro mercadão de cima, pra onde estamos indo agora.

— E o que aconteceu com ela?

— A vida. Foi isso que aconteceu com ela. É sempre assim: ou é a vida, ou é a morte. No caso dela, foi a vida mesmo. Ó lá! Me dá o meu boné. Já estamos chegando.

Descemos do ônibus no meio daquela rua agitada, rodeada por predinhos malcuidados, de fachadas mal pintadas. Era um dia úmido e fazia muito calor. Não ventava naquela porra, e parecia que um cobertor de ar quente flutuava sobre a calçada esburacada.

Ônibus piratas cruzavam a avenida com a fúria de mil motores a diesel mal regulados, soltando fumaça preta e fazendo muito barulho. Quando o filho da puta ousava frear, aquela porra agarrava o freio com toda a força, anunciando em um apito ensurdecedor que tinha as porcarias de pastilhas de freio completamente gastas.

Fomos vencendo a avenida cheia. Xaxim parou de contar suas aventuras. Era muito barulho para manter o fio da meada. Ele cumprimentava a um ou a outro em alguma loja escondida por detrás da linha de camelôs. Xaxim parecia ser uma figura conhecida da vizinhança. O que me fez pensar o seguinte: se a gente se perde um do outro, é só perguntar por aí pelo Xaxim e vou acabar achando alguém que conhece ele pra me ajudar. Em seguida, me ocorreu que esse seria um péssimo plano. Eu jamais ia parar pra perguntar nada pra ninguém ali naquela selva.

Desembocamos em outra rua que dava para uma praça. Por ali não passavam carros. A rua tinha sido transformada em um enorme mercado, cheio de barraquinhas e vendedores ambulantes. Parecia uma feira livre, mas onde se vendia e se comprava de tudo. Frutas, verduras, carne — na sua forma convencional, morta, e na forma que a mim era menos conhecida, viva também, piando e fazendo cocó. Artesanato, contrabando eletrônico, mercadoria roubada, autopeças, comidas prontas, comidas a serem terminadas em casa, bebidas alcoólicas, bebidas sem álcool e outras não identificadas. Tinha cheiro de gente, de frituras, de frutas boas e frutas estragadas. Laquê de cabelo e perfume barato. Óleo de carro queimado e incenso. O Inferno de Geraldo não tinha cheiro de enxofre. Lufadas de diferentes cheiros chegavam às vezes em separado. Outras vezes, todos os cheiros juntos. O barulho era uma cacofonia humana de venda, compra, êxtase, comoção, indiferença, alegria e júbilo. "Aleluia!" misturado com "Promoção!", com "Tac-tac-tac". Máquinas nas ruas, motor do carrinho de caldo-de-cana, caixas caindo, entregas sendo feitas, portas abrindo, portões fechando, buzinas e mais motores.

De alguma caixa de som estridente, um forró antigo fazia tremer os vidros. A música era acompanhada pela voz de um locutor que colocava o microfone perto demais da boca, anunciando alucinadamente as promoções do dia em sua loja, tudo por qualquer-coisa-e-noventa--e-nove-centavos.

Ao contrário de mim, que me sentia no meio de um tiroteio, Xaxim parecia estar em casa. Sabia para onde ir. Embrenhou-se em meio à multidão, sem acanhamento. Eu ia atrás dele como podia, morrendo de medo de perdê-lo de vista e ficar por ali mesmo, desamparado, entre abacaxis e autopeças.

Xaxim foi se encaminhando para a margem do mercado, onde seria a calçada se aquilo fosse uma rua normal. Passamos a seguir pelo vão que fica entre as pequenas lojas enfiadas nos prédios velhos e os fundos das barracas entrincheiradas na feira.

Daí virou à esquerda e enfiou-se em uma loja. Segui atrás, já me cagando inteiro.

CAPÍTULO 4

Assim que entrei na loja senti um cheiro forte da porra. Incenso, louro, chá de boldo e jasmim — essa caralhada toda de cheiro atacou o meu nariz com a fúria de setecentos templos budistas. Ainda zonzo, fui recepcionado por duas estátuas em tamanho natural, do lado de dentro da porta da loja. Uma, de um negro fumando cachimbo; outra, de uma loira vestida de noiva.

Breu. Tudo escuro pra caralho. Só consegui ver alguma coisa quando meus olhos se acostumaram com a pouca luz e meu nariz parou de martelar minha cabeça com o cheiro de igreja velha.

Lá no fundo da loja havia um balcão de madeira. Atrás dele, ervas secas tinham sido penduradas em varais, fumos de corda e incensos.

Havia ali também algumas estátuas e potes. Tinha alguns santos que eu conhecia, um Jesus de braços abertos, algumas Marias, vários São Jorge. Vi outros santos que eu não conhecia. O padre Lotário da catequese ficaria puto se soubesse disso. Tinha também uma parede feita de fitinhas coloridas descendo de uma viga acima do balcão até o chão. Atrás dessa cortina colorida, estava uma camada ainda mais sólida de colares de conta, terços, medalhinhas e correntes. Uma índia voluptuosa esculpida em cera me olhava do canto do balcão com um sorrisinho maroto e um cocar de índio americano.

Ali atrás do balcão estava um rapaz anêmico lendo alguma coisa do seu celular. Xaxim não lhe deu atenção. Ficou circulando, com cara de quem procura alguma coisa. Passou por um canto onde estavam pendurados vários chifres de carneiro, esbarrou em uns tambores e deu de cara com quem procurava.

— Jurandir!

— Ora, ora, se não é o seu Xaxim. Como é que vai essa força?

Trocaram uns tapinhas camaradas um nas costas do outro. Jurandir era um sujeito mais ou menos velho. Talvez da idade de Xaxim. Calvo, de pele escura e de vasto ventre. Usava uma camisa vermelha e, por cima, um colete verde-escuro de cetim, muito bem passado. Tinha óculos de leitura antiquados, pequenos e retangulares, equilibrados na ponta do nariz. Quando olhava alguma coisa a mais de um metro de distância, abaixava a cabeça para ver por cima dos óculos. Quando estava mais perto, erguia a cabeça para ver através das lentes.

Também trocaram cumprimentos, xingaram-se, um mandando se foder e o outro mandando tomar no cu, culpando-se mutuamente por uma visita que nunca aconteceu e por um chope jamais bebido. Depois das profanidades usuais, Xaxim me apresentou.

— Ó, Jurandir. Esse aqui é um bom amigo, Geraldo.

Estendi a mão e Jurandir deixou os óculos caírem, pendurados por uma correntinha de ponta a ponta. Ele me olhou de alto a baixo, me avaliando, e esticou a mão rapidamente.

— Prazer, Geraldo!

— O prazer é meu.

— Pois é, Jurandir — Xaxim começou a explicar. — Esse rapaz me inventou agora de ser escritor.

— Sei, sei…

— Então, a gente vai precisar comprar um diabinho pra ele.

— Sei… Bem, vamos ver o que a gente tem aqui. Então… Qual é o seu signo, Geraldo?

— Meu signo?

— É. Seu signo.

— Por que você precisa saber meu signo?

— Quando você vai numa loja comprar um sapato, o vendedor precisa saber teu tamanho. Pra você comprar um diabinho, eu preciso saber o seu signo.

— Meu signo? Não tenho certeza…

— Que dia você nasceu?

Dei a data de aniversário do meu e-mail. Aquele do meu cliente que me deseja parabéns na data errada:

— Dia 27 de abril.

— Ah! Touro. Que tipo de livro você escreve?

— Autoajuda.

— Certo… Autoajuda. Acho que tenho um negócio aqui pra você. Deixa eu ver.

Jurandir desapareceu atrás de uma cortina de contas no fundo da loja e pouco depois voltou trazendo um garrafão de uns 40 centímetros de altura. Dentro do garrafão, tinha alguma coisa viva ocupando quase metade do volume. Parecia um cachorro pug sem pelos. Ou melhor, com alguns pelos negros, grossos e compridos. Quase todos eles saindo de dentro da orelha e de onde as extremidades — membros, cabeça, rabo — se encontravam com o tronco. Tinha manchas vermelhas no resto da pele rosada, parecendo carne viva ou queimaduras de terceiro grau. Seus olhos, enormes em relação à cabeça, eram castanho-avermelhados, e dois pequenos calombos localizados na testa. Fiz uma cara de nojo.

O diabinho viu minha cara e reclamou com Jurandir, com uma voz que parecia grossa para um bicho daquele tamanho:

— Você vai me vender pra esse sujeito? Eu estou achando que ele não gostou muito de mim.

Jurandir fingiu que não ouviu e disse, colocando o garrafão na mesa:

— Esse é o Azazel.

— Prazer... — o bichinho disse.

— Foi criado em um dos melhores criadouros de demoninhos do Brasil, em Goiânia. Já tem quase vinte anos que foi conjurado aqui na Terra. Dizem que tem mais de duzentos anos de idade. É ideal para dicas de sucesso, amor, dinheiro... Entende bastante de escrita. Pertenceu a um escritor. Um jornalista. É perfeito para um taurino, ou uma pessoa que tem Saturno em conjunção com a Lua. Onde está o seu Saturno?

— Hã... Não sei... Acho que depois de Júpiter...?

Jurandir não entendeu meu gracejo, mas Azazel achou divertido e sorriu com seus gigantescos dentes pontiagudos e finos, como agulhas curvas. Comecei a achar que poderia vir a gostar dele.

— Então. É isso. Quer levar?

— Como é que cuida? Ele mama sanguinho direto do mindinho?

O diabinho fez uma cara de nojo e gritou:

— Eca!

— Não, não. Ele gosta de groselha natural concentrada e maus pensamentos. Come de duas a três vezes por dia.

— Tenho maus pensamentos de sobra. Mas onde se vende groselha natural hoje em dia?

— Posso pedir para entregarem na sua casa toda semana, se você quiser.

— Tá. E quanto custa esse demônio?

— Mil e quinhentos. Mas como foi o Xaxim que te trouxe aqui, e já que você parece ser um taurino gente fina, faço por mil e duzentos pra você.

— É uma grana...

Xaxim interveio:

— É um investimento.

É, pensei... Vou ter que escrever uma caralhada de bobagem que nem sei bem de onde tirar. Tenho que atirar pra todos os lados. O diabinho estava ali sentado, olhando pra gente, e parecia um pouco aborrecido, se é que eu conseguia ler sua expressão.

Respirei fundo e olhei para o garrafão e seu conteúdo e respondi:

— Fechado. Posso pagar com boleto?

Já fora da loja, respirando ar mais fresco, olhei para minha aquisição e pensei em voz alta:

— Vou ter que cobrir esse garrafão pra voltar pra casa de ônibus, senão vai chamar muita atenção.

— Se você me cobrir, eu grito.

Olhei para o Xaxim.

— Vamos ter que pegar um táxi, Xaxim.

— Vai custar caro.

— Acabei de pagar mil e duzentos por um cachorro do avesso. Um táxi até em casa vai ser troco.

— Ei! Cachorro do avesso é a mãe!

Tenho na estante do meu quarto um boneco Funko pop do Batman que ganhei da Érica, mas nunca entendi se aquilo era para ter sido uma mensagem subliminar ou se ela apenas achou bonitinho. Também tenho um cacto que ainda persevera vivo por motivos e métodos que eu desconheço.

Botei Azazel num nicho na minha estante. Um andar abaixo do Batman, entre os cactos e um livro do Borges. Achei conveniente.

Ele bebia quase meia garrafa de groselha por dia, filho da puta. Apesar da aparência e de ter uma voz de rouquidão brônquica, era um diabinho educado, quase simpático. Me olhava com bastante curiosidade e algum aborrecimento.

Assim que chegamos em casa, fiquei sentado na cadeira, afastado da mesa, olhando para ele. O demoninho resolveu iniciar a conversa:

— Acho que não fomos formalmente apresentados ainda. Eu sou Azazel. Filho do Coisa-ruim, senhor do Inferno. Muito prazer.

A voz grossa dele parecia a de uma criança falando muito rápido em um microfone, com a gravação tocada mais devagar que o original para engrossar artificialmente a voz, como efeito especial barato. Sua dicção era cuidadosa e exageradamente correta, sem um sotaque específico.

— Eu sou Geraldo Pereira. Filho de Anastácio Pereira, contador. Muito prazer.

Ele continuou a me olhar achando graça, sem falar por um longo instante. O pau-no-cu me examinava.

— Sou seu primeiro demônio?

— Já tive outros, mas apenas no sentido metafórico. Demônio, assim como você (encarnado, eu diria), é meu primeiro. E quanto a você? Eu sou seu primeiro autor?

Ele deu uma risadinha.

— Não. Tive vários donos autores.

— Algum conhecido?

— Dois acadêmicos especialistas em divulgação de pseudociência e um ficcionista com fetiche pelo plágio.

— Só gente boa, né?

— O que você espera de um escritor que compra um diabinho para ajudar no trabalho?

Eu quase consegui não ficar ofendido com a provocação. A gente não tem o demônio que quer, mas o demônio de que precisa.

Começamos a tocar o projeto dois ou três dias depois, e Azazel logo se encafifou com meu nome.

— Geraldo Pereira... Isso lá é nome de um autor de autoajuda?

— Ué? É o meu nome! Que é que eu vou fazer?

Azazel virou seus enormes olhos avermelhados pra mim. As pupilas caprinas se dilataram e ele abriu a boca para responder, mas em vez disso babou por entre os dentes azulados. Por fim, respondeu:

— Como assim "o que vai fazer"? Mude de nome, oras. — Ele se ajeitou melhor para detalhar a resposta. — Precisamos de um nome que, por si, projete confiança, percebe? — Azazel agora se exaltou, levantando um pouco. — Tem que ter um quê antiquado... Patriarcal, sabe? Aristocrático, mas nada exótico. Acessível, mas ao mesmo tempo inatingível. Másculo, mas nada que seja exageradamente bruto. Um nome que as pessoas vejam na capa do livro e pensem consigo: "Eis uma pessoa em quem posso confiar cegamente". Compreende?

— Não. Não compreendo. Essa porra não faz o menor sentido pra mim. É a merda de um nome! Se fulano nasceu com o nome João, José ou Geraldo, tanto faz. É a porra do nome do autor! Foram os pais que deram o nome para ele. Não diz nada sobre o texto no livro!

Azazel me ignorou por completo.

— Penso em Rodolfo. Que tal Rodolfo Boaventura?

— Você tem que estar sacaneando comigo. É a porra de um nome!

— Deixe-me ver... Um nome composto. Rodolfo Castanheda-Boaventura. Ótimo! Isso! Esse vai ser seu nome. Agora falta o título.

— Título? Do livro?

— Não! Ao nome! Um título ao nome, ou você acha que as pessoas vão comprar um livro seu só porque você afirma entender de um determinado assunto? Não! Elas só vão comprar um livro seu se você disser que estudou em algum lugar exótico, ou badalado, e então dizer que entende de determinado assunto. Compreende?

— Não tenho certeza. Acho que não.

— As pessoas não vão comprar seu livro se você simplesmente disser para elas que, por exemplo, conhece o segredo para a felicidade. Não há qualquer motivo para isso. Mas, no entanto, se você disser que se formou na universidade de Seiladasquaston, que seu nome é Doutor Qualquercoisa, ou Ph.D., e depois disso falar que tem o segredo para a felicidade, aí elas acreditarão em você na hora. E seu livro, independentemente do conteúdo, vai vender como pão quente.

— Mesmo que eu jamais prove que saiba alguma coisa ou que tenha me formado onde quer que seja...?

— Bem, você está levantando um problema burocrático que eventualmente deveremos contornar. Mas, em tese, é isso aí. — Então o diabinho fez uma cara de quem está pensando ou fazendo cocô. — O título de professor é meio genérico, já o de Ph.D. é difícil de refutar... Vamos ficar com Doutor, que pode significar mais ou menos qualquer coisa. Isso! Doutor Rodolfo Castanheda-Boaventura, tá aí! Só com isso já temos um terço do livro pronto.

E foi assim que Azazel levou embora o meu nome. Em breve, ele levaria embora também minha personalidade e, com ela, minha alma.

— Beleza, hein?! Só que ainda faltam dois terços. Agora sento e escrevo um livro. Só isso.

— Ah, Geraldo... Você debocha, né? Mas na verdade é muito simples. Acho que podemos tentar juntos. Vamos lá, me console.

— Oi? Não... não entendi.

— Digamos que eu acabei de sofrer um terrível percalço na minha vida. Um revés triste e deprimente. O que você me diria?

— Eu diria que essas coisas acontecem. A vida é uma merda e nunca ninguém prometeu que seria boa nem mesmo justa. Aguente o rojão ou se mate.

Azazel baixou a cabeçorra dele, sacudindo-a numa negação decepcionada, e fechou os olhos. Suspirou e insistiu:

— Oras... Tente outra vez.

— Eu não sei mentir.

— Claro que sabe! Todos os humanos sabem mentir. Vamos lá, tente de novo!

Botei minha cabeça para funcionar. Fechei os olhos e me lembrei de todas as mentiras que meus professores contaram, desde o jardim de infância, passando pelos oito anos do ensino fundamental, três anos de secundário e os cinco anos intermináveis de mentiras deslavadas na faculdade. Me lembrei das piores mentiras de todas, que ouvi durante o meu mestrado em Filosofia. Me lembrei das mentiras ditas por políticos na televisão, das mentiras que os jornalistas vendiam no jornal — o mesmo jornal que eu comprava sabendo ser mentiroso e que eu passava pra frente como se fosse mercadoria roubada. Todas as mentiras ditas pelos meus pais, pela minha irmã, especialmente pelo padre Lotário durante a catequese aos domingos. As mentiras desconsoladas das minhas namoradas, do mestre mentiroso Aloísio, do Topo Gigio, do Fofão e da Xuxa.

Sob essa avalanche de mentiras, limpei a garganta e comecei:

— Cara, a vida é uma roda. E a roda gira. Nesse momento, você está na parte baixa do ciclo. Mas preste atenção nisto aqui: é justamente no ponto mais baixo que você toma mais velocidade para voltar para cima. É a partir dessas coisas que a gente cresce. Se a gente for nesse embalo com muita energia, o pensamento positivo vai nos levar mais alto ainda. Quando você pensa positivo, você cria uma linha de força que o une a todos que estão lutando e pensando positivo, como se fosse um canto uníssono, criando uma harmonia cósmica que reverbera em nossas almas.

— Boa! Maravilha! Continue!

— Essa reverberação pode ser sentida. Sente? Quando você pensa positivo e se afina com essa ressonância, você sente essa força. Algumas pessoas chamam isso de energia, outros chamam de fé, outros chamam de amor. Sinta o amor!

— Você é um nato! Siga, siga!

Azazel parecia fora de si. Seu focinho, com narinas desproporcionais, abria e fechava com sua respiração acelerada. Continuei:

— Quando você sente esse amor, colabora com essa energia cósmica. Pensando positivo, você está multiplicando essa energia toda em seu coração. Como se fosse uma grande suruba, todo mundo se come e o tesão só cresce.

— Não! Estava indo tão bem! Você tinha que estragar o momento com seu cinismo?

— Cinismo? Achei que fosse uma metáfora lírica, além de exata, não?

— Vamos lá. Vamos escrever tudo isso que você disse. Depois a gente expande e vê como faz para usar no resto do texto.

— Não lembro mais o que eu disse.

— Eu lembro. Escreve aí, eu dito.

Liguei o computador e já estava abrindo um arquivo novo quando Azazel me perguntou:

— Qual vai ser o título do livro?

Eu ainda estava um pouco assustado com a velocidade das coisas e não consegui responder de forma coerente.

— Não sei... Estava pensando em escrever o livro antes e decidir isso depois.

O diabinho enfiou o mindinho na orelha e coçou com vigor. Sentou-se num canto da garrafa e explicou:

— Assim fica difícil. Vamos lá, Doutor Rodolfo! Preciso que você seja mais esforçado que isso.

— Azazel, eu nunca escrevi um livro. Não sei como se escolhe um título.

— Você nunca escreveu um livro?

— Não. Aliás, é simples tautologia, oras! Já ter escrito um livro não pode ser um pré-requisito para escrever um livro.

— Nunca?

— Nunca. Se você perguntar mais vinte vezes, minha resposta não vai mudar.

— É que me pareceu que você já tinha mais experiência em mentir. Só isso.

— E por que isso?

— Você não é taurino, é?

— Sei lá. Que diferença faz?

— Você sabe alguma coisa nessa sua vida? Vamos ver... Quando é o seu aniversário?

— Por que você quer saber?

— Pra te comprar um presente.

— Ha, ha.

— Tenho suspeitas de que você é um mitômano. Isso é um bom sinal, se você quer escrever livros de autoajuda.

— Você quer dizer que eu minto pra caralho e que isso é bom para os negócios?

— Oras, sejamos literários, já que não podemos ser literatas. Diga: "Eu minto desbragadamente". Mentir pra caralho é chulo e contraproducente. Queremos vender bem, não? Causemos boa impressão.

Era entre o cruel e o cômico ouvir isso de uma criatura tão, mas tão repugnante.

— Que seja… Eu não minto pra caralho. Aliás, é exatamente esse o meu problema. Exatamente esse o motivo pelo qual te comprei. Tá vendo aquela pilha de lixo ali? — Apontei para os livros que Aloísio trouxe pra mim. — Não sei de onde essa gente inventa o que escrever. Agora tenho que competir com aquilo.

Eu estava desesperado e agora, além de desesperado, estava envergonhado de estar desesperado diante daquele bicho.

O pequeno pug do avesso, com seus olhos avermelhados de pupilas de cabrito, babou um pouco, suspirou e tentou me tranquilizar:

— Tudo bem. Vamos escolher o título juntos. Feche seus olhos.

— Oi?

— Por favor, deixe de ser tão cético e faça o que estou dizendo. Agora feche seus olhos. Isso. Ótimo. Visualize que você está em um shopping. Consegue sentir o cheirinho de hambúrguer rançoso misturado com o cheiro de filtro de ar-condicionado entupido?

— Que é que isso tem a ver com…

— Feche os olhos! Continue imaginando!

Fiz o que o diabinho me dizia.

— Você agora está andando por corredores mal iluminados e piso de mármore marrom. Um pop da moda se ouve por uma vitrine de loja de jeans rasgados que custam uma fortuna. Uma garota debruçada no balcão masca chiclete e olha através de você. Ela não te dá bola. Você também não dá bola para ela e segue andando pelo shopping. Vê na esquina do corredor de mármore uma livraria, o local parece civilizado. Você olha a vitrine. Vários livros de autores duvidosos espalhados por estantes decoradas. Preços escandalizadores. Autores, idem. Você entra. Aquele cheiro de cera de assoalho de madeira e papel novo invade seu nariz. Música de elevador, um jazz-bossa-nova-instrumental horroroso e genérico toca na seção de música. Um jovem de aparelho nos dentes, uniforme e crachá te atende. "Olá! Posso lhe ajudar?" Ele fala assim mesmo, com o pronome e tudo. Ele se chama Joelmir, está escrito no crachá. Tem um quinto da sua idade. Você olha para os lados pra ter certeza que ele fala contigo e o "lhe" refere a você mesmo. Em meio a tantos livros, você pede ao simpático garoto: "Quero um livro de autoajuda". Joelmir sorri, porque, pela sua cara, já tinha adivinhado que era isso que pediria. Ele faz assim com a mão, pra você o seguir pela loja, e te leva pra uma prateleira bem colorida, cheia de nomes badalados. Aquela prateleira fica bem na frente de todas as outras seções. Parece uma loja dentro da loja. Duas gôndolas cheias de livros mostram suas capas vibrantes e expressivas com títulos intrigantes e sensuais. Você fica em dúvida… Que livro comprar? O jovem te pergunta: "O senhor tem algum título em mente?". Você não tem, só fica pensando nesse "senhor" aí, que te deixa nervoso. Mas precisa responder algo: "Eu vim comprar um livro de autoajuda. Tem que ser bom. Tem que ser o melhor. Tem que ser…".

— Tem que ser o melhor livro de autoajuda do mundo!

A glória! Esse seria o nome do livro. Eu me sentia ao mesmo tempo exultante e estúpido. Era exatamente a situação oposta à de jogar pérolas aos porcos. Seria jogar um perfeito e completo lixo para gente boa e inocente. Eu sentia que meu cérebro tinha sido estuprado. *O melhor livro de autoajuda do mundo* era, ao mesmo tempo, icônico e estúpido, vazio e completo.

Abri os olhos e vi que Azazel olhava pra mim com um misto de curiosidade diabólica e orgulho de pai. Aprovando com uma lenta sacudida de cabeça, sorriu e disse:

— Bom trabalho!

— Me sinto nojento.

— O nome é perfeito.

— Estou com vergonha de mim mesmo.

— Não fique! Ou, pelo menos, não fique *ainda*. Autoajuda não é para os fracos. Há um enorme buraco no peito das pessoas, e você estará nele, para enchê-lo de conselhos vazios e frases de efeito. Não é moleza.

Me levantei.

— Ei! Aonde você vai?

— Vou tomar um café.

— Mas estávamos indo tão bem… Não é uma pena parar agora?

— Não — respondi, puto das calças.

CAPÍTULO 5

Desci até a rua arrastando o tênis velho, chuviscava levemente. A calçada suja e molhada, os transeuntes afobados e apressados. A garoa limpava o ar e impedia que o cheiro mais imediato atacasse o nariz. O trânsito não fluía e os motoristas, impacientes, buzinavam, como se isso fizesse alguma diferença. Tudo isso eu já tinha sacado lá do alto do meu apartamento. Atravessei entre os carros parados no meio da rua sem nenhuma dificuldade. Consegui chegar até o Edinilson quase sem me molhar. Estava muito cheio. Procurei um lugar para sentar, mas estavam todos ocupados. Fui para o balcão.

— Café, chefe?

— Café. E um sonho.

O rapaz me trouxe um café pelando de quente e um sonho frio e pegajoso.

Respirei fundo o ar frio e úmido e, ainda puto, comecei a pensar no que fazer.

O que fazer? Taqueuspa... A essas alturas era óbvio o que precisava ser feito: falar com Aloísio e dizer que não dá. Chega, tudo tem limite! Vou devolver a porra desse cheque. Não fui feito pra esse tipo de sem-vergonhice. Vou dizer pra ele que não consigo escrever esses trecos, que os livros que ele me presenteou dão câimbra no cérebro e que eu desisto. Vou falar com o Xaxim também, vou me desculpar com ele pelo trabalho que eu dei de me levar até a puta que vos pariu para comprar aquele... Aquele... Aquela coisa. Vou voltar pra lá e vou devolver. Nem sei se vou ter meu dinheiro de volta, mas, a essas alturas, foda-se. Não quero mais *aquilo* na minha casa.

Bati com a mão na mesa como os bêbados que falavam consigo.

Isso!

Chega de misturar Paulo Coelho com Walt Disney!

Decidido e mais calmo, misturei porcamente o meu café. Tomei devagar, comendo o sonho em pequenas mordidas.

Senti um desfalque por não ser fumante. Agora era a hora de brincar com uma caixa de cigarros, acender um deles com volúpia e descaso.

Olhei as gotas grossas que rolavam do toldo sujo do botequim. Elas vinham em ritmo esporádico e caíam na cabeça de alguém sem guarda-

-chuva, porque quem tinha guarda-chuva passava por debaixo do toldo, sem dar espaço pra quem não tinha.

O dia me parecia mais sereno e bonito assim, nublado e chuvoso. Nuvens baixas diminuíam a claridade. As pequenas gotas que passavam na frente das lâmpadas e dos faróis de carros faiscavam antes de sumirem no cinza. E só assim era possível ver que estava chovendo.

O sonho que eu tentava comer estava seco e duro, e uma pequena camada de ranço formava uma película no céu da boca que a minha língua tentava limpar a cada mordida.

Entrou um cachorro no bar, todo molhado. Sacudiu-se ao meu lado, quase em cima de mim. Era o Boris, conhecido da região. Olhou pra mim e fez um mimimi bem fininho. Eu não ia fazer carinho nele, não com ele naquele estado. Mas dei um pedaço de sonho. Boris abocanhou a comida no ar e a fez desaparecer em uma mordida. Ele fez cara de quem queria mais, mas não dei. Enfiou-se por entre as pernas de outros clientes e sumiu.

Mais calmo e mais seguro da minha decisão, deixei dinheiro sobre o balcão. Eu já ia saindo quando me virei para a rua e topei com Rosa.

— Oi, sumido!

Rosa.

A Rosa me deixava inquieto e confuso. Eu estava começando a gostar dela, mas não queria. Estar a fim dela era um empecilho. Um empecilho geográfico, pra começar: ela trabalhava praticamente ao lado do meu apartamento. Se uma possível futura relação entre nós não desse certo, eu teria que me mudar. Um empecilho territorial: o meu botequim também era o botequim dela. O que significava que, em meio a uma eventual relação, eu não poderia simplesmente sair para espairecer no meu botequim. O Edinilson deixaria de ser meu e passaria a ser nosso. Se brigássemos, ou se tudo o mais desse errado, eu teria que achar outro botequim. Ou então morrer de fome, o que era mais provável. E, o pior de todos, era o empecilho literário. Não quero parecer arrogante. Por mim, que ela não lesse nada. Que fosse analfabeta. Foda-se, é sério! Tendo todos os dentes — pelo menos os da frente — e sabendo dizer a palavra "proletariado" sem adicionar ou tirar erres, pra mim, que nunca fui muito bonito mesmo nem sequer muito inteligente, já estava bem bom. Só que Rosa lia exatamente o tipo de coisa que agora eu tinha que escrever. Nesse exato momento, era um péssimo sinal.

Rosa tinha vinte e poucos anos, talvez mais. O cabelo dela era liso, bem fininho, de uma cor que variava conforme o dia e o sol. Loiro? Castanho-claro? Às vezes, quando ela repartia o cabelo dava a impressão que as raízes eram de outra cor e ela pintava de um tom mais claro. De perto, via-se a camada de maquiagem discreta mas mal aplicada, como se aquilo escondesse espinhas, as novas e as muito antigas. Ela era bonita. De uma beleza simples, comum, quase sem graça. A filha do vizinho. *Engraçadinha*, diria meu pai.

— Delícia! E essa carinha de virginal não me engana. Ela deve ser um furacão na cama, essa mulher. Bunda chapadona, mas tem essas coxas largas que eu vou te contar... — Aloísio tentava me constranger, fazendo uma análise pornográfica cada vez que me via olhando para dentro do xerox.

Além dessas ponderações a respeito de não querer complicar minha vida com Rosa, tinha o rolo com a Érica. Desde que o imbecil do Aloísio me convenceu a telefonar para ela, meu relacionamento com ela tinha se transformado em mais uma fonte de complicações. Mas essa é outra história.

— Oi, Rosa!

— Tomando seu café?

Sim, obviamente, uma vez que eu tinha o copinho ainda sujo na mão. Ter que suprimir um fluxo quase inesgotável de respostas cretinas para perguntas imbecis era outro problema que eu tinha com ela. Mas esse problema eu não tinha apenas com ela. Retórica, ao menos a verbal e casual, me parecia um desafio de abstinência de profanidade.

Mas eu não disse nada. Nem pensei. Foi só um rápido olhar para o meu copinho sujo e ficar triste pelo destino da minha alma, que, pelo jeito, estava condenada à eterna solidão.

— É, acabei de terminar.

— Eu tava indo comer alguma coisa. Quer almoçar comigo?

— É? Pois é. A essa hora?

Olhei para o relógio que pendia de uma das vigas do teto do botequim, meio sem graça, tentando juntar meus pensamentos e ganhar um tempo. Já era uma da tarde.

— Ah… Você já comeu, é? Deixa pra lá, então. A gente se vê!

— Não! Peraí, peraí. Pode ser, pode ser. Onde você tava pensando em ir?

— No por quilo. Quer vir?

Se ela não tivesse aparecido, eu não teria reparado. Depois de me acalmar um pouco, passei a sentir um pouco de fome, mesmo tendo comido aquele sonho da época das capitanias hereditárias. Além disso, o por quilo dali da avenida não era tão ruim. Nem caro. E eu também não estava com vontade de subir para casa e encarar meu computador, meu trabalho e meu demônio.

— Vamos!

Rosa foi andando ao meu lado, me constrangendo mais e mais a cada passo por não dizer nada por um bom tempo de caminhada. Me distraía com o perfume suave que usava e contava os vupt-vupt do tecido da calça se roçando a cada passo. Já quase na avenida, puxou assunto e me salvou de ter que pular para debaixo de um carro em movimento, de tão sem graça.

— Faz tempo que você não aparece lá no xerox.

Faz mesmo. Eu costumava aparecer por lá para imprimir coisas, desde que minha impressora ficou sem tinta. A loja onde eu comprava cartuchos, aqui na minha quadra, fechou, e não conseguia pensar em qualquer motivo lógico para sair daqui da região para comprar em outro lugar.

No mais, andava ocupado com outras coisas, e acho que minha última reação de sair correndo quando vi Rosa lendo aquele… negócio, ali no balcão, deve ter assustado a moça. Talvez o suficiente para ela resolver me chamar para comer, algo que nem eu nem ela fizemos antes.

Como chovia e a gente não tinha guarda-chuva, corríamos juntos, de toldo em toldo, de marquise em marquise, levando pingos grossos que caíam das calhas mal montadas. A gente estava muito próximo um do outro para o meu conforto.

— Faz tempo que não apareço mesmo. Ando um pouco mais ocupado que o normal.

— Só te vejo saindo pra tomar café. Você toma muito café.

Sorri, lembrando-me da minha mãe.

— É parte integrante do meu metabolismo. Acho que acabei criando um órgão específico só pra processar cafeína. — Ela riu e eu me senti meio bobo.

Já no restaurante, servidos, sentados e comendo, Rosa me perguntou:

— Você faz o que da vida, afinal? É escritor?

Ela tinha uma voz bem modulada, juvenil, doce, sem verniz ou sotaque.

— Não. Reviso trabalhos acadêmicos, às vezes algumas traduções...

— Você é Virgem, né?

— Oi?

— Signo de Virgem. Você é assim, todo metódico, cheio de maniazinhas, fica mexendo nas canetas lá no xerox, arrumando elas em ordem quando fala comigo. É reservado, não diz nada de si. Parece Virgem.

— Ah, é. Pode ser, pode ser. E você?

— Eu sou de Câncer! Não dá pra ver?

— Eu devia ter adivinhado. — Sorri sem jeito, tateando para ver aonde aquilo ia chegar, com mais medo do silêncio do que de falar de astrologia.

— Né? Eu sou tão Câncer! Signo água. Sou assim mesmo. Adoro o mar, adoro a Lua.

Fiquei sem ter o que responder. Esse assunto me escapava em forma e conteúdo. Até onde eu sabia, a Lua é um dos corpos mais secos do sistema solar.

A minha luta agora era entre me silenciar e ficar sem assunto ou talvez perder o medo e descobrir onde ficava essa lua de Rosa.

— A Lua, né? Legal isso... Pois é, esse negócio de signos, de astrologia, você curte isso, né?

— Eu acho bacana. Aquele negócio de entender as energias. É uma... coisa, sabe? Diz um pouco sobre quem eu sou, quem é você. Qual a tua vibe, entende? — Deu um gole no refrigerante pra continuar. Ela gesticulava muito. Parecia dançar uma música oriental. — Cara, os astros estão aí. Girando. Dando voltas. — E as mãos davam voltas na frente do seu rosto. — É que nem a gente. Eles se cruzam no céu, que nem a gente se cruza de vez em quando aqui na Terra. Tem uma conexão.

Tem uma energia. Uma coisa que liga uma pessoa a outra. É que nem eletricidade. Eletricidade tem o positivo e o negativo, um puxando o outro. Os astros também têm energia, mas não é só o positivo e o negativo. São várias coisas juntas que se combinam.

Ela parou de falar por uns instantes, pensativa, daí completou:

— Mas eu não entendo muito disso. Só sinto a vibração das coisas, das pessoas. E você? Acredita em quê?

Ela tinha os olhos redondos de cílios curtos, brilhando, alegres.

Eu? Cara, eu acredito que estou numa enrascada aqui nesta mesa. Acredito também, mas só de vez em quando, na primeira, na segunda e na terceira lei de Newton. Só porque já bati o carro e já caí de bicicleta. Acredito nas equações de Maxwell e na transformação de Lorentz que miraculosamente derivam juntos na velocidade da luz e nas equações de espaço-tempo, e me fazem doer a cabeça demais, porque não entendo matemática vetorial o suficiente pra ver o milagre acontecendo na minha frente quando tentam me explicar. Respirei fundo e simplifiquei minha resposta:

— Eu não sei no que acredito. Nasci católico. Cresci agnóstico e hoje eu apenas sou um pouco confuso.

— Mas nem tô falando de religião, não. Eu, por exemplo, sou meio espírita. Mas não sou muito ligada nessa coisa de kardecismo, não. Já li a respeito, mas não deu liga, sabe? Sou mais antenada em tentar entender o Universo em termos de energias, do meu jeito mesmo. Eu acredito que exista alguma coisa além de nós mesmos. Tem gente que chama isso de Deus, né? Não sei. Pra mim tem mais a ver com isso daqui, ó! — E daí apontou para a mesa, depois apontou para o prato dela, depois fez um movimento genérico que poderia significar o restaurante, mas também o todo, o Universo. — Ó! O dia a dia, o Eu, o Você. Você deve acreditar em alguma coisa... ou não?

Sacudi a cabeça sem vigor nem convicção.

— Não? Nada?

— Nada. — Dei de ombros.

A decepção dela era patente.

— Deus... Jesus... Uma força superior?

— Não.

— Nem em astrologia, né?

Sacudi a cabeça.

— Você acha essas coisas uma besteira, né?

— Besteira? Eu não diria isso. Eu não acho nada. Cada um que acredite no que quiser.

— Certeza? Ou você só tá falando isso pra não me deixar chateada?

Nunca tinha me ocorrido ter que desenvolver uma resposta para uma pergunta como essa. Eu tinha que pensar. Fechei os olhos, suspirei fundo e comecei:

— Olha, Rosa... Eu não julgo. Afinal, te conheço? Eu sei de você? Sei por que você acredita no que acredita? Sei de onde você vem? É fácil a gente lidar com questões complicadas pelo ponto de vista da nossa própria experiência. Só que a sua experiência foi outra, muito diferente da minha. Não vi o que você viu. Não senti o que você sentiu. Mas, sei lá, digamos que sua bisavó era uma cigana, lia o futuro na borra do café e aquilo te marcou. Ou então a história pode ter sido outra. Pode ter acontecido que um trauma de criancinha fez você olhar pra lua cheia de noite e buscar conforto. Sei lá.

Fiz uma careta de quem não sabe a resposta, e depois dei uma garfada na couve-flor refogada.

Ela continuou me olhando, estupefata.

— Tá falando sério?

— A respeito do quê?

— Você não acha bobagem? Todo mundo que conheci e que não acredita em astrologia acha a maior bobagem. Largam um monte de críticas em cima de mim e me chamam de burra.

— Se eu acho bobagem? Não acho coisa nenhuma. Astrologia não me interessa. É sério! Não me interessa. Agora, o que você faz da astrologia dentro da sua cabeça é o que conta. É o que me interessa. Cada um que acredite no que quiser, desde que não justifiquem um atentado terrorista por conta disso, ou que não justifiquem o emprego moral das coisas da fé.

Rosa foi tão sincera no que tinha me dito sobre suas crenças, tinha uma fé tão convicta no próprio fluxo aparentemente aleatório de ideias que ela concatenava na teologia que era própria dela e, ao mesmo tempo, tão global, que me comovi. Eu não acreditava em nada, é verdade. Nem em astrologia, nem em deidade alguma. Mas, naquele momento, eu acreditava na Rosa. Continuei minha avaliação.

— A vida não é fácil, e eu suspeito que a maior parte das coisas que as pessoas acreditam venha do medo de que estejamos sozinhos e de que nada faça sentido na vida delas. As pessoas buscam respostas que as confortem, que sumarizem o mundo, que abram uma janela para algo além delas mesmas. Eu, pessoalmente, prefiro o mistério. Tem quem prefira a luz. Vou julgar quem? Só sei que não vou me desgastar julgando quem tem medo do escuro, porque eu gosto de tatear. Eu? Bem, eu não acredito em nada. Nada que não possa ser medido, catalogado, observado e ter sua influência nítida e comprovadamente detectada. Pra mim, vale tanto quanto um exercício de filosofia. Não acreditar em absolutamente nada tem sido parte de quem eu sou, da forma como busco por significado e significância. Provavelmente, seria arrogante da minha parte achar que eu me sinto mais ou menos perdido do que você quando está buscando por suas respostas nos astros.

Ainda estupefata, Rosa, que foi comendo cada vez mais devagar, em silêncio, parou de comer de vez. Aos poucos, foi largando os talheres, baixando a cabeça e deixando de olhar pra mim. Evitava olhar para outras coisas em outras mesas ao nosso redor. Quando terminei de falar, estava de olhos vermelhos e cara pálida, como quem segura o choro a muito custo.

— Tá tudo bem, Rosa?

— Tá, tá sim. Tudo bem. É que me deu um negócio aqui, ouvindo o que você disse.

— O que eu disse? Mas eu não disse nada.

— Que você não acredita em nada. Quer dizer, já conheci gente que me disse que não acredita em nada. Mas nunca desse jeito que você fez, sabe? Com essa convicção, essa naturalidade. Sem acreditar em nada mesmo, e sem se importar com o que eu acredito.

— Nossa... Desculpe, Rosa. Isso te incomoda tanto assim?

— Não, não! Pelo contrário, Geraldo. Achei uma coisa linda! Libertadora, sabe? Eu... Eu tenho que pensar mais nessas coisas. Nossa... O que eu queria mesmo era que alguém escrevesse um livro sobre isso.

Voltei para casa exausto, sentindo uma leve náusea, confuso. Muito mais confuso que antes. Aquele, definitivamente, não era o momento de enfrentar qualquer demônio, muito menos Azazel.

Ele estava na minha casa há menos de uma semana e já tinha se entranhado nos meus nervos. Não falei com ele. Eu precisava pensar, colocar minha cabeça em ordem. Deixei ele na estante e fui cuidar de atividades do dia a dia. Lavei a pouca louça que estava suja, varri a sala que já estava limpa, organizei minha contabilidade e até limpei meu ventilador de mesa, desmontei a grade, tirei a hélice e passei um pano no chão. Azazel me observava, sem dizer nada. Quando fui lhe servir groselha mais tarde, ele sorriu e agradeceu.

— Achei que você estivesse bravo comigo.

Demorei para responder. Fechei o garrafão onde vivia, tirei uma sujeira de cima do cacto, ajeitei a estante, tirei o pó de cima do boneco do Batman e só bem depois abri a boca, enquanto arrumava meus papéis na gaveta.

— Eu estava.

— E não está mais?

— Não. Acho que não.

— Mas não fala mais comigo.

— Não. Não por enquanto.

— Posso saber por quê?

Parei, respirei fundo e olhei bravo pra ele. Expliquei, exagerando nas pausas:

— Neste momento, não quero ter nada com o filho do Demo. Preciso pensar. Preciso me concentrar e terminar meu trabalho.

— Foi alguma coisa que aconteceu enquanto você estava fora?

Segui mexendo nos meus papéis, sem olhar pra ele.

— Pode ser.

— Você andou pensando... Hum, interessante. Acho que você não esteve sozinho. Conversou com alguém?

Suspirei, irritado, e perguntei pra ele:

— Escuta, você não vai beber sua groselha, não?

— Mas eu nunca bebo groselha. Não gosto.

— Porra! Você está me sacaneando? Meia garrafa por dia, seu puto, e você diz que não gosta?

— Não é pra mim.

— Como assim, não é pra você? Só estou vendo você aí.

— Conhece formiga saúva?

— O que tem?

— Vou explicar... — Azazel se animou e começou, didático. — Um formigueiro de formigas saúva pode cortar vários hectares de folhas em um só dia. Levam tudo para o formigueiro, mas não comem nada daquilo. As saúvas então processam as folhas, que servem de alimento para fungos que elas criam dentro dos formigueiros. Aí as saúvas comem os fungos.

— Você, então, planta fungos aí dentro do garrafão?

— Não. Pingo a groselha dentro da minha orelha. Crio ali dentro uma colônia de larvinhas. Eu como as larvinhas.

Meu. Deus. Do. Céu.

Fechei os olhos para controlar minha náusea e respirei fundo por três vezes sem abrir os olhos. Depois sentei na cama, longe de Azazel. Fingi que não ouvi a explicação de vermicultura dele e fiquei olhando para o chão, meus pés só de meia. Avaliei a situação toda, Azazel, Rosa, as larvinhas, os planetas, as luas e Kardec.

Fiquei vendo estrelinhas, olhando as minhas meias, controlando a respiração, ouvindo a chuva e as buzinas lá fora.

Levantei os olhos e vi o bicho sentado dentro de sua garrafa, polindo uma das suas unhas com a outra mão. Eu estava mais cansado do que quando cheguei em casa. Azazel tinha sugado toda a minha energia. Talvez aí, sem defesas, foi mais fácil contar pra ele a conversa que tive durante o almoço. Contei sobre Rosa, o que ela disse, o que eu disse e como ela se emocionou durante a conversa.

Coçando a orelha (agora eu entendia por que a coçava tanto), ele parecia matutar sobre o que eu tinha dito:

— Interessante... Isso nunca tinha me ocorrido.

— Isso o quê?

— Isso de misturar o seu niilismo existencialista com o solipsismo teológico dela. Uma espécie de faça-você-mesmo do apocalipse. Pode funcionar.

— Blá-blá-blá, solipsismo existencialista pode funcionar? Pode funcionar de cu é rola, ouviu?

— Pra que ficar tão nervoso? Você quer comer a menina, não quer?

Eu ainda não estava nervoso, mas fiquei depois de ouvir essa pergunta.

— De que diabos você está falando?

— A-ha! Eu sabia! — Fez uma cara sacana e sorriu pra mim com o canto da boca. — Tudo bem, tudo bem. Bons escritores escreveram bons trabalhos usando o pênis em vez da cabeça.

Desisti de travar com ele essa discussão. Fui até a cozinha, enchi um copão com água e voltei para o quarto. Azazel estava certo a respeito de Rosa, e o fato de estar certo era o que me incomodava. Esta era parte da desvantagem de ter um pequeno demônio na estante de livros: estar sempre com a alma nua para ser analisada.

Está bem. Agora que já apanhei o suficiente desse filho da puta, é hora de fazer bom uso das vantagens de ter aquela coisa feia dentro de casa. Vamos tentar escrever essa bosta e ver onde isso vai dar.

Liguei o computador e virei a cadeira em direção à janela, seguia a garoa fina. Enquanto eu dava pequenos goles de água, o vento sacudia o vidro e o computador ligava. Quando o computador finalmente acordou cantando alegre, anunciando que estava vivo e pronto para me servir, suspirei e olhei para o bicho dentro do garrafão. Me ajeitei na cadeira e botei o garrafão do diabinho onde ele pudesse ver a tela direito.

Hora de escrever.

Vamos lá. Por onde começar? Pensei nos livros que Aloísio me trouxe. Pensei em tudo que sempre quis dizer para alguns dos meus colegas, fãs das letras do Raul Seixas. Me imaginei vestido como um sacerdote egípcio do segundo reino, com ouro pendurado no pescoço, ouro pendurado nos pulsos, ouro pendurado nas orelhas. Eu subindo num púlpito de pedra, seguido por dois gatos carecas que vestiam um cocar de ouro.

O público, algumas dezenas de metros abaixo, todos curvados, esperava para saber que mensagem o deus Rá tinha decidido enviar ao seu povo. E eu, lá em cima, tentava explicar que a porra da letra do *Maluco beleza* não tinha nada de mais. O povo, estupefato, negava a verdade com veemência, mas sabia que eu tinha razão.

— Tudo bem, Azazel. Vamos lá…

O MELHOR LIVRO DE AUTOAJUDA DO MUNDO
Por: Doutor Rodolfo Castanheda-Boaventura.

PARTE 1 — ACREDITAR EM ALGO NÃO FAZ DISSO VERDADE

— Bom título para o capítulo.
— Obrigado. Vou convencer alguém com isso?
— Não. Ninguém. Você vai ofender todo mundo e deixar seu editor furioso.
— Troco o título, então?
— De jeito nenhum. Vamos prosseguir com esse solipsismo e niilismo de botequim. Vamos ver onde isso vai dar.

Observei de novo, lá de cima do púlpito de pedra, o povo esperando para ouvir, lá embaixo. Então escrevi:

> Este livro que você tem em mãos não é, como se poderia supor, um simples livro de autoajuda. Ele é o melhor livro de autoajuda do mundo. Se o seu objetivo ao abri-lo era sentir-se bem, ou tornar-se um ser humano melhor, ou criar uma melhor perspectiva a respeito da sua vida, eu tenho uma boa e uma má notícia. A boa é que considero esses objetivos nobres e que você, leitor, tem todo o meu respeito e apoio pessoal. A má notícia é que não é lendo um livro de autoajuda que você vai alcançá-los.
>
> Este livro é o melhor e o mais especial porque tem como primeiro objetivo mostrar: aquilo que você acha que são coisas a ser melhoradas em você é apenas a ponta do iceberg. Sua situação — econômica, social, ética e moral — é provavelmente muito pior do que você entende hoje. Somos seres dotados de algum otimismo, por um lado, e enorme miopia quando se trata de avaliar

nossa própria situação, por outro. E é por isso que, normalmente, não temos ideia de quão precário é o lugar onde estamos. O primeiro objetivo de quem quer chegar a um lugar melhor é entender exatamente onde se encontra. Na primeira parte deste livro, vou mostrar coisas para além do que você já supõe que há de errado na sua vida, e que há várias outras instâncias muito mais desmoralizantes que você ainda não considerou.

Pode ser um choque para o leitor encontrar retratada aqui, de forma tão explícita, essa intenção. Ainda mais quando a maior parte dos livros de autoajuda vai tentar demonstrar como o leitor é especial, único e até mesmo superior a todos os outros que não estão lendo aquele livro, enquanto este, que é o melhor livro de autoajuda do mundo, vai, antes de tudo, lembrar você de que há 7,5 bilhões de pessoas vivas no planeta e cada uma delas, de um jeito ou de outro, acredita ser especial.

— O que eu queria entender — disse Azazel — é de que modo uma pessoa aparentemente civilizada como você pode se deixar influenciar por uma criatura demoníaca como eu e escrever coisas tão cruéis.

— Cruel é essa porca vida. Eu nem comecei, Azazel.

Outra boa notícia é que, apesar de tudo, você não é insignificante. Para começar, você está lendo este livro. Isso não é trivial. Você se preocupa em entender o lugar onde está na vida e para onde deveria ir. E se chegou até esta parte do texto, significa que você não fica irremediavelmente magoado de que um autor que nem te conhece diga que tudo é, na verdade, muito pior do que você supõe hoje e que esse predicado não tem nada de especial.

CAPÍTULO 6

Mais ou menos uma vez a cada dois meses tinha almoço de família na casa dos meus pais. As desculpas e as razões para esses encontros eram variadas: às vezes um aniversário, dia dos pais, dia das mães, natal, páscoa, fulano que chegou de viagem, alguma visita de fora ou qualquer coisa parecida. Essas bostas.

Era apenas isso (e a eventual compra de um diabinho) que me fazia sair do meu bairro. Algum tempo e dois capítulos depois de começar a escrever, seria aniversário do meu pai e haveria um almoço em família: feijoada, doces e um bolo, no sábado.

Já há duas semanas dentro desse projeto, eu apreciava bastante uma desculpa para dar um tempo do meu trabalho. No mais, gosto muito desses encontros. Melhor dizendo: eu gosto muito de achar que eu gosto desses encontros. Antes de acontecerem, penso a respeito deles com carinho e até mesmo com certa ansiedade. Quando finalmente estou lá, já de barriga cheia, e a sabatina corriqueira começa: quando vou arranjar um emprego de verdade, quando vou achar uma mulher decente, quando vou morar em um apartamento que preste. Aí dá vontade de mandar toda a família tomar no meio do cu, levantar o dedo médio e sair sem calça, pulando pela casa com o dedo esticado.

Como não passo de um reclamão impotente, não faço nada disso. Fico quieto, ouvindo as críticas em forma de perguntas, curtindo minha digestão, às vezes palitando os dentes ("Pare com essa porcaria! Palito é muito feio!"), olhando para o povo que faz tanta questão de se intrometer na minha vida. Ignoro tudo e me deixo calcular o próximo palavrão que vou ensinar aos meus sobrinhos, que me adoram.

É claro que me adoram. Roberto pergunta coisas sobre o mundo, as pessoas, o Universo, numa curiosidade insaciável e às vezes mórbida. Eu respondo. Sou, aliás, o único que responde às perguntas dele sem o tratar como criança. É uma forma sincera e extremamente desonesta de ser um bom tio. Barato e simples, em especial porque nunca dei a menor bola para o que pensariam minha irmã e meu cunhado. Além disso, tratá-lo como quem entende a profundidade do que está perguntando é moralmente defensável por todo e qualquer vanguardista sem escrúpulos pedagógicos. Especialmente aqueles que, como eu, não têm formação nenhuma em pedagogia.

— Verdade que o Brasil é maior que a Groenlândia?

— Verdade.

— Mas no mapa-múndi que tem na minha sala de aula a Groenlândia é maior.

— É porque o mapa é uma projeção, Roberto. O mapa é uma espécie de desenho. Não dá pra desenhar o que está num globo em um plano sem distorcer tudo. Aliás, tem muito adulto que esquece isso: toda projeção acaba por distorcer tudo.

— E, tio, é verdade que dá pra ver a Muralha da China da Lua?

— Não. Não é.

— Mas eu vi na televisão que sim.

— Na televisão eles dizem coisas que te induzem a ver mais televisão. Não falam coisas que tenham qualquer compromisso com a verdade.

— Como assim, tio?

— Roberto, você ficaria empolgado de ver um programa de televisão que diz: "Senhoras e senhores, não dá para ver a Muralha da China do espaço"?

Roberto já estava com nove anos. Guri espertaço. Trazia em um saco sem fundo um catatau de perguntas cheias de apetite para entender esse mundo louco. Viu ali na televisão alguma reportagem sensacionalista e sem nexo a respeito de viagens espaciais. E, do tópico de planetas, o vácuo do espaço e a poeira sideral, o assunto entre nós acabou se enveredando para outras coisas, e agora falávamos sobre estrelas. Até que ele me perguntou:

— Tio, quer dizer então que as estrelas morrem?

— Morrem.

— Que nem gente?

— Bem, não exatamente que nem gente. É diferente. Estrelas são feitas de hidrogênio, que é o combustível delas. No núcleo, no centro, o hidrogênio vai sendo consumido ao longo do tempo. Quando vai acabando o hidrogênio, no fim da vida, a estrela se expande, depois encolhe. Daí morre, aos poucos, esfriando lentamente por bilhões de anos.

— Daí a estrela explode?

— Às vezes. Quando a estrela é muito grande, bem maior que o Sol, ela pode explodir depois que encolhe. É uma explosão incrível, se chama supernova. Voa caquinho de estrela pra todos os lados, e, no local onde ela ficava, sobram os restos, uma nuvem de gás, como as ruínas do que estava ali. Se chama nebulosa, que nem aquela ali que estão mostrando agora na televisão, sem contexto nenhum.

— É bonita!

— É, sim. As nebulosas são lindas.

— E se a estrela for menor que isso? Assim, do tamanho do Sol? Também explode?

— Daí não. Nesse caso, depois que a estrela chega perto do fim da vida, o núcleo fica muito mais quente por causa da pressão, e passa a fundir o hélio que sobrou no lugar do hidrogênio que acabou. Nesse momento, a estrela se expande muito, muito mesmo. Fica mais de cem vezes maior do que era antes.

— Mas, tio, outro dia você disse que o Sol também era uma estrela.

— Sim.

— Quer dizer que o Sol também vai morrer?

— Vai.

— E o Sol vai se expandir antes de morrer?

— Sim. Vai crescer, vai ficar mais de cem vezes maior do que é hoje. Vai engolir a órbita de Mercúrio, de Vênus e da Terra.

— A Terra vai ficar dentro do Sol?

— Vai.

— E o que vai acontecer com todo mundo?

— Muito, mas muito antes disso, já não vai existir absolutamente nada vivo sobre a Terra. Todos os oceanos e a atmosfera já vão ter voado para o espaço, muitos milhões de anos antes disso. A partir daí vai sobrar apenas rocha derretida.

Roberto esvaziou os olhos, coçou a cabeça e perguntou:

— Nada?

— Nada o quê?

— Não vai sobrar nada?

— Bem, aí vai depender da maneira como as rochas da Terra vão vaporizar, vai haver uma cauda de partículas, como se a Terra fosse um cometa. Afora isso, tudo já vai estar derretido ou evaporado.

O menino continuava desassossegado.

— Vai demorar muito pra isso acontecer?

— Vai, vai, sim. Pelo menos uns quatro bilhões de anos.

Roberto ficou inquieto e parou de fazer perguntas, olhou uma última vez para a televisão, levantou-se e foi ler seu gibi da Mônica. Talvez tenha decidido começar logo, para dar tempo de acabar a leitura antes que o sistema solar se tornasse estéril.

Quando chegaram os tios, meu cunhado e alguns primos, fomos todos à mesa.

O almoço correu sem maiores incidentes ou mancadas. Logo depois da sobremesa, minha mãe resolveu se pronunciar:

— Então... Vocês sabiam que o Geraldo está escrevendo um livro?

— Mais um livro infantil? — meu tio perguntou.

— Não, Fabrício! Um livro de verdade!

Ignorei a conjunção adjetiva derrogatória aos meus trabalhos anteriores e resolvi me indignar com outro importante detalhe que minha mãe deixou escapar no seu comentário:

— Ô, manhê, como é que você sabe disso se ainda não contei pra ninguém?

— Foi seu amigo Aloísio que me disse.

Aí fiquei puto.

— E desde quando a senhora conversa com o Aloísio, mãe?

— É que você não me conta nada, oras! Ele é que me diz como vai você, o que você anda fazendo. Aí ele falou que você está escrevendo um livro e que ele vai editar.

— Mãe, por favor, e pelo amor de Deus, já te disse, não fale mais com Aloísio.

— Deixe de ser implicante. Ele é um bom rapaz.

Aloísio, eu queria dizer, é um mentecapto. Mas decidi não comprar essa briga, eu ia perder. Ela ia dizer que ele é um bom rapaz, e dali para a frente ia insistir que tinha um cabelo lindo.

— Livro, é? — perguntou meu pai, com sua voz grave. — Livro de quê? Algo que preste?

O pai tinha aquele jeito de ser autoritário e burocrático pronunciando o "algo" com um "L" bem definido, como se Uberaba, onde ele cresceu, fosse no meio dos pampas.

— Um projeto aí, pai — eu disse, da forma mais vaga que pude, com vergonha de entrar em detalhes. Minha mãe entrou em detalhes por mim:

— Autoajuda. Achei bacana! Meu filho finalmente vai ficar famoso.

— Autoajuda? — meu pai perguntou, cantando. — Mas e o Geraldo entende alguma coisa desse negócio? Ô, Geraldo, você não está se metendo em picaretagem não, né?

Meu cunhado riu da pergunta do meu pai. Isso me deixou mais puto ainda.

Era o mistério da existência do meu cunhado. Pra mim, ele praticamente não existia, ou existia num plano utilitário de ser mais um cara que às vezes eu via na casa dos meus pais. Otávio ria quando não devia. Ficava quieto quando era para falar algo e me deixava puto e constrangido em ambas as situações. Puto, ainda mais do que antes, por saber que alguém de quem sabia tão pouco e tinha zero poder de influência na minha vida podia me tirar do sério desse jeito.

— Não, pai. Estou pesquisando bastante. Lendo material, fazendo entrevistas. — Aí cometi meu fatídico erro dizendo: — Até recebi um adiantamento.

— Eu sabia que era picaretagem!

— Pai!

— Anastácio! — minha mãe disse, querendo me defender. — Pare de ser assim tão rabugento!

— Sinara... — Meu pai suspirou. — Você se dá conta do potencial do seu filho? Que rapaz inteligente... Foi estudar Filosofia. Ah, pecado. Desperdício de dinheiro e tempo. Eu já disse antes: se quisesse, esse garoto já podia ser um senador. Agora se mete a escrever livro de cabeceira de celebridade classe B. Vai dar palestra em saguão de hotel envidraçado também?

Essa mania que ele sempre teve, de me pentelhar por minhas escolhas acadêmicas, ia ficando pior com o tempo. Se eu fosse a um psicólogo, provavelmente, ao escarafunchar meu cérebro, iríamos descobrir os dois juntos que fui estudar Filosofia de propósito, só pra sacanear o velho.

Aí foi a vez do tio Fabrício, o irmão da minha mãe. Tio Fabrício é um cara de quem sempre gostei muito. Gigantesco de gordo, nunca entende os contextos sutis de uma conversa.

— E aí? Como é escrever um livro de autoajuda?

Nessa falta de entendimento dele, não sacou que eu estava começando a perder a paciência com essa discussão. Supus que a pergunta tinha sido sincera. Apenas respondi, em tom neutro.

— Por enquanto, muita pesquisa e muita leitura. — E quis acrescentar: muito papo furado com um horroroso bicho olhudo que mora na minha estante. Mas, antes de o assunto prosseguir, meu sobrinho nos interrompeu:

— Pra quê, tio?

— Pra que o quê?

— Pra que escrever um livro de autoajuda?

A resposta, pra mim, era óbvia.

— Dinheiro.

— Mas por que alguém compra um livro desses?

— Pra se sentir melhor, eu suponho.

— Roberto — chamou minha irmã, tentando interromper a linha de perguntas, fazendo de conta que não conhecia o filho que tinha, uma máquina ambulante de gerar curiosidade sem fim posta a funcionar.
— Quer mais sobremesa?

Meu sobrinho ignorou a mãe:

— Mas, tio, se vai tudo ser engolido pelo Sol mesmo, pra que alguém vai querer comprar um livro pra se sentir bem?

Minha irmã olhou para mim, furiosa:

— Geraldo! O que foi que você andou falando para o Roberto?

— Nada de mais, fusão de hidrogênio e afins.

— Ele contou que o Sol vai morrer, mãe, e que o planeta Terra vai virar uma bola de pedra derretida.

— Mas será possível, Geraldo? Toda vez é a mesma coisa? Eu vou acabar perdendo minha paciência. Porque ele depois vai ter pesadelo, e quem vai ter que tratar disso sou eu. Roberto, esquece essa história, isso não é assunto pra criança.

— Além do mais — acrescentou Fabrício, que tinha estudado Física —, isso vai demorar mais de quatro bilhões de anos. E, em quatro bilhões de anos, muita coisa pode acontecer. Nesse meio-tempo, a Terra pode ser atingida por uma explosão de raios gama, por exemplo.

— Tio Fabrício! — Minha irmã estava com os olhos arregalados, escandalizada.

— Ou, então, a superfície da Terra pode ser pulverizada por um meteoro.

— Ou cometas.

— Sim, ou cometas.

— Vocês dois, parem!

— E uma supernova nas nossas vizinhanças? Não acabaria com a Terra, mas ia fazer um belo estrago.

— Para isso, não precisa tanto. Uma guerra nuclear já ia ser devastadora.

— A gente pode falar sobre a destruição da civilização, sem falar da extinção humana? Aí temos também uma tempestade magnética no Sol a fritar tudo que existe de metal condutor.

Meu pai deu uma batida na mesa, com as mãos abertas.

— Agora já chega, né? Meu filho e meu cunhado decidindo como acabar com a humanidade e o planeta. Belíssimo livro de autoajuda vai me sair disso. E você, Eliana — meu pai apontou para minha irmã —, não se impressione com seu irmão falando esse catatau de bobagem na frente do seu filho. Ele não vai ter pesadelo só de saber que o mundo vai acabar. O mundo vai acabar e ponto. Melhor que ele fique sabendo como do que ficar sentado imaginando bobagem depois de ler livro de religião. — E mudou de tom, para deixar claro que estava mudando também de assunto. — Sinara, traz o cafezinho, por favor?

— Mas, vô, o tio ainda não respondeu à minha pergunta.

— Que pergunta?

— Por quê?

— Por que o quê?

— Por que comprar um livro de autoajuda se o mundo vai acabar mesmo?

— Porque não é todo mundo que sabe que o mundo vai acabar. E os que sabem… é o que resta pra gente, Roberto, até o fim do mundo: ser feliz.

Roberto sorriu, satisfeito com a resposta, e pegou mais um pedaço de pudim. Minha irmã ficou apoplética olhando para o pai — como eu, acho —, admirando o pragmatismo existencialista do velho.

— Você, seu Geraldo — meu pai me puxou para um canto depois que todos tínhamos saído da mesa —, trate de não me fazer passar vergonha, hein? Autoajuda mesmo é levantar cedo e tratar de fazer um trabalho decente. Ou bem escreva isso nesse seu livro, ou faça-me o favor de usar outro nome para assinar a sua obra.

Meu pai era um curioso híbrido de estoicismo com existencialismo. Um Marco Aurélio misturado com Camus.

Tio Fabrício, que estava junto, riu do meu pai depois que ele saiu com feição de satisfação pela lição dada e perguntou pra mim:

— Então, o que você está escrevendo no seu livro?

— Nada muito diferente do que o pai disse.

— E é pra isso que te deram um adiantamento? Pra receberem um manuscrito ditando a filosofia de vida do seu Anastácio?

— O problema, tio, é que o palhaço que está escrevendo a porra do livro já tem incrustada na alma a filosofia de vida do seu Anastácio. — Cutuquei minha própria testa. — Tem muito pouco que eu possa fazer a respeito disso. O resto é pesquisa periférica.

Tio Fabrício baixou o tom de voz e falou no meu ouvido:

— E um diabinho? Você já tem?

Fiz uma careta de surpresa. Ele começou a rir.

— Eu tive que me consultar com um durante o meu doutorado. Meu orientador resolveu me contar tudo a respeito do tal do diabinho. Não era muito fácil pra ele, um homem das ciências, com uma carreira respeitosa, abrir-se assim para um orientando a respeito dessas coisas. Mas agradeço a ele pelo gesto. Afinal, foi justamente por causa dele que eu larguei essa ideia boba de continuar a pesquisa e fui fazer MBA. Qual o nome dele?

— Dele quem?
— Do seu diabinho…
— Azazel.
— E o que é que isso significa?
— É hebraico. Não sei. E o seu?
— Scoteinofobos. "Medo da escuridão", em grego. Supostamente o bicho tinha trabalhado em um laboratório de ótica. Isso no século XVIII.
— Como ele era?
— Pequenininho, assim. Parecia uma bolinha de geleca azul translúcida. Era uma peste. Sabia cálculo diferencial parcial de cabeça e me mandou botar umas referências bibliográficas das mais estapafúrdias. Ele gritava: "Bota aí! Ninguém leu esse cara!".
— O que você fez com ele?
— Passei pra frente. Dei pra um colega meu que decidiu terminar o doutorado. Não faço ideia do que aconteceu depois.

Fomos, então, interrompidos de forma estabanada e intempestiva por minha irmã. Ela estava furiosa. Falava baixo, entre os dentes e com um tom de voz assustador:

— Escutem aqui, vocês dois: parem de assustar o Roberto. Se ele voltar a fazer xixi na cama, vou passar a conta do psicólogo pra vocês, entenderam?

— Eliana, Roberto já é grande. E de bobo ele não tem nada. Ele sabe exatamente o que pergunta, e pergunta porque quer saber.

— Olha aqui. Eu tô falando sério. Sério mesmo. Vocês dois, parem. Em especial você. — Ela apontava pra mim. — Entendeu? Juro que não vou mais deixar ele te ver.

E foi embora. Ficamos eu e o tio Fabrício, olhando um para a cara do outro, sem entender nada daquela raiva toda.

CAPÍTULO 7

Quando eu era criança, fui a um passeio de barco que durou o dia inteiro. Depois de descer no cais, segui sentindo a terra subir e descer, sacudindo de um lado para o outro. Por vários dias esse balanço do mar ficou comigo e eu o percebia quando ficava paradinho no sofá, na cama, de pé, olhando para o nada.

A sensação que eu tinha era um negócio parecido com isso quando de noite, em casa, sentado olhando a janela, curtia a solidão. Bebericava uma cerveja como se fosse bebida fina, acompanhado por um leve apito agudo no ouvido, que escutava quando o silêncio era completo. O mundo sacudiu o dia inteiro, e quando já estava em casa, no meu cais, a sensação era de que tudo ainda sacudia um pouco dentro de mim. Um monte de pensamentos profundos, que eu não conseguia amarrar, vinham e sumiam, e eu nem me esforçava em materializar. Ficassem no mundo das ideias perdidas, de onde eles vieram. Um dia ou outro eles voltariam, dentro de um sonho, durante o banho ou em outro momento qualquer, quando não tivesse nenhum bloco de anotações por perto. Boas ideias ficam nos observando, de longe, checando se estamos prontos para anotá-las. Se percebem que estamos com as mãos molhadas ou dirigindo, aparecem, rebolam na nossa frente e mostram a língua. Daí vão embora, sem nunca mais aparecer de novo.

Eu refletia sobre esse confortável mundo de quem pode se dar ao luxo de deixar ideias pousar no nariz e ir embora, quando tocou a campainha.

Que susto do caralho. Sábado à noite? Campainha? Isso devia ser proibido.

Fui arrastando meu chinelo até a porta. Com certeza não ia ser uma vizinha bem gostosa pedindo uma xícara de açúcar. Só podia ser problema. Se fosse Aloísio, eu mandaria ele tomar no meio do cu. Se fosse Érica, pulava da janela. Ou faríamos sexo. Ou ainda faríamos sexo e depois ela pulava da janela. Ou o contrário. O que a minha leve bebedeira de cerveja morna permitisse.

Abri a porta e fiquei mais confuso do que assustado. Era Otávio, meu cunhado, que me odiava porque eu ensinava palavrões para os filhos dele.

Depois de mais de dez anos de convivência, Otávio ainda me parecia uma cara genérica. Acho que se o visse de óculos escuros, na rua, ou com um penteado um pouco diferente, era capaz de nem o reconhecer. Posso botar ele no meu panteão de pessoas genéricas. Se a vida fosse um jogo de computador, ele ia ser um daqueles personagens com script simples que estão ali para fazer cena, e apenas isso. Mas acontece que agora o personagem criou vida e veio até minha casa.

Ele estava com uma cara ilegível. Nem tenso, como costumávamos sempre vê-lo, nem cansado. Nem feliz, nem triste. Talvez um pouco abatido, talvez um pouco perdido. A cara dele me deixou mais confuso ainda. Em toda a vida troquei, no máximo, umas vinte frases com ele. Tudo que já tínhamos conversado se resumia ao carrão dele e qualquer coisa sobre mercado de capitais, e, nesses casos, minha parte do diálogo tinha sido pouco mais que um balançar de cabeça.

— Oi, Geraldo.

Eu demorei um ou dois segundos para concatenar que o que eu estava vendo era o meu cunhado mesmo, na porta do *meu* apartamento. Ele nunca tinha estado na minha casa antes, e a presença dele ali era bizarra. Fez menção de entrar e aí voltei da minha divagação:

— Oi, Otávio. Entra, entra.

Ele deu um ou dois passos para dentro da minha pequena sala vazia. Acho que ele não esperava encontrar um apartamento como o meu. Talvez um moquiço avacalhado e sujo como a minha boca, não uma sala quase vazia, a estante que fica ali, ao contrário da do quarto, quase sem livros, e uma limpeza quase impecável.

Otávio seguiu andando devagar, sem uma direção definida, focando a esmo com um olhar apagado e turvo. Fechei a porta atrás dele e tentei sorrir. Ele me ignorou completamente, nem me olhava. Vai que, pra ele, era eu o personagem de jogo sem script próprio. Muito tempo passou até eu conseguir me recompor da surpresa e pude pensar em falar com ele. Mas dizer o quê?

Eu procurava por alguma dica do que o trouxe à minha casa antes de dizer qualquer coisa. Ele veio me dar um soco na cara? Trazer uma previsão cataclísmica sobre o mercado de seguros? Ou deu uma vontade enlouquecedora de me contar uma piada que esqueceu de contar durante o almoço? Ele não dava pista em direção alguma.

— Posso te servir alguma coisa? Uma água? Um café?

Por fim, olhou pra mim, como se eu tivesse me materializado na frente dele naquele momento. O olhar dele era estranho, fosco, por detrás tinha uma tristeza líquida.

Eu tinha um sofá velho que ficava de costas para a janela. Puxei o móvel pelo braço e com cuidado o fiz sentar ali. Ele se deixou ser puxado, sem resistir. O cara estava mal. Que merda.

— Vou trazer uma água. Peraí.

Tirei uma garrafa de água filtrada da geladeira e servi dois copos. Trouxe para a sala e ofereci a água, antes de puxar uma cadeira e sentar em frente a ele. Esqueci meu copo na cozinha. Bosta. Precisava ter algo nas mãos.

— Tá... tá tudo bem contigo?

Ele saiu do transe, distraído, deu um enorme gole e sorriu sem graça.

— Eu e Eliana...

— A-hã...

— A gente... Bem, já faz um tempo que... Eu e Eliana...

— Sim...

— Bem, nós... estamos enfrentando... Desculpa. Eu não sei. Eu... Desculpa. Desculpa mesmo. — E tentou se levantar do sofá.

— Não, por favor, Otávio. Fique à vontade. Você estava falando de vocês, você e a Eliana?

— Eu... eu... Desculpe. É que eu entreouvi a conversa, sua e do Fabrício, hoje depois do almoço. Ele te perguntou de... de um diabinho? Era isso? Bem, não queria me intrometer, mas eu tô um pouco confuso. Será que eu posso falar com ele?

— Ele quem?

— O seu demônio.

— O meu dem... Azazel? Você veio aqui pra conversar com Azazel?

— É que eu... Eu já não sei mais o que fazer. Não sei exatamente com quem conversar sobre isso, sabe? Meus amigos... Eu não sei se meus amigos iriam compreender. E você está aí, né? Escrevendo seu livro de autoajuda, o diabinho te dando umas dicas, levantando umas bolas pra você cortar... Eu poderia ver ele?

— Olha, Otávio, Azazel foi criado pra escrever, sabe? Não sei se alguma dica dele pode servir pra você.

— Posso dar uma olhada? Onde ele está?

Eu detestava a ideia do meu cunhado conversando com Azazel, mas aquilo ali no meu sofá não era mais o meu cunhado. Era um refugo de bagaço do resto que deu para aproveitar do que era ele, anos antes. No mais, o que eu ia dizer pra ele? Talvez levá-lo para o quarto não fosse má ideia, para que Azazel cuidasse disso.

— Aqui. Vem cá.

Ele se levantou devagar, com bastante cuidado, andando como se não acreditasse no que tinha me pedido.

Entramos no meu quarto e Otávio deu apenas um passo em direção à escrivaninha. Viu o garrafão entre os livros enfileirados na estante e parou. Azazel coçava a orelha com vigor. Depois parou, olhou para o meu cunhado e começou a babar uma gosma azulada. Os olhos avermelhados, brilhando, as narinas se abrindo e se fechando enquanto respirava, os dentes de peixe abissal aparecendo.

Eles ficaram assim, se olhando, por sei lá quanto tempo. Quando aquela cena estava começando a me dar nos nervos, peguei meu cunhado pelo braço e o tirei dali. Ele estava chorando.

— Vem. Vem cá. Senta aqui no sofá. — Tentei acalmar a criatura, tão jeitoso como um ativista cristão numa convenção satânica. — Respira um pouco. Quer uma cerveja? Eu estava tomando uma cerveja antes de você chegar. Vou buscar uma pra você. Respira. Isso, isso.

Busquei duas cervejas. Eu também precisava de uma.

Ele não resistiu ao meu pedido e se acomodou melhor no cantinho do sofá. Tinha as roupas que usou de tarde na casa dos meus pais, meio amarfanhadas. Uma camisa xadrez clara para fora da calça e um jeans novo. Otávio devia ter uns dez anos a mais que eu, mas parecia muito mais, apesar dos cabelos ainda pretos. Seus olhos não tinham perdido a vermelhidão, mas já tinha parado de chorar. Abriu a lata e deu um longo gole.

— Desculpa. Desculpa mesmo. É que eu... Eu estou confuso, entende?

— A-hã.

Eu poderia estar conversando com um total estranho. Porque, na verdade, eu estava mesmo. E aquele cara ali com aquele papo todo me parecia... errado. Alguma coisa *estava* errada. Minha vidinha mediana era sensível a esse tipo de perturbação. Aquela era uma improvável perturbação, e comecei a me sentir mal — mal, não, errado —, ainda antes de ele começar a falar:

— Eu vi você conversando com seu tio sobre a... o demoninho, hoje.

— Foi.

— Fiquei curioso. O que ele teria a dizer?

— O que Azazel teria a dizer... sobre o quê?

— Acho que nem sei muito bem o que é que eu ia perguntar pra ele. Já nem sei direito que tipo de resposta eu queria ouvir. Eu não sei... Ando meio confuso. Achei que, olhando pra ele, ia me ocorrer alguma coisa.

— A-hã.

— Meio que... Ah, deixa pra lá. É bobagem. É bobagem. Mas, meio que... eu queria voltar pro passado, tentar entender lá pra trás, olhar direito pra mim e pra Eliana, olhar e tentar fazer sentido. Porque a gente tá junto há quanto tempo? Casamento, namoro... Faz uns treze anos... É, treze anos. É bastante coisa, né? É muita coisa. E Eliana, bem, Eliana não é assim, eu diria, fácil. Tem hora que a gente tem que dar um jeito, meio que aliviar a pressão.

Eu não tinha muita ideia de onde ele estava indo com aquele papo, mas envolvia minha irmã e eu não tinha muita certeza de que, fosse para onde fosse, eu ia querer ir com ele.

— Mas daí a gente já estava casado. A gente se encontra, namora, acha que é hora de casar, então casa, né?

Ele ficou pensando. Daí disse:

— Hora de casar... Coisa boba, achar que tem ou não tem hora pra alguma coisa nessa vida. Mas, enfim, a gente casou, e quem casa tem filho, né? Então a gente fez filho. Hoje em dia, acho esse pensamento de uma inocência que nem sei descrever de onde vem, porque a gente pensa nessas coisas e não calcula o que significa. "Bora lá ter filho!", e a gente vai e tem um ou vários filhos como se houvesse uma promessa de que vai ficar tudo bem se a gente seguir o rumo natural das coisas. Como se houvesse um rumo que fosse natural. Só que nunca estive frente a frente com esse "natural" em estado natural mesmo. Caramba... Nunca vi tanto sangue na vida. Nunca vi tanta dor. E tô falando só do parto, porque tem o depois, né? E o depois a gente só sabe de ouvir dizer. E tem o antes também, né? E o antes ninguém conta, porque a gente teve que descobrir sozinho, porque a Eliana perdeu um bebê antes. Dois. Um e, depois de uns meses, outro. Ele tinha nominho e quartinho decorado. Os dois se foram na sétima semana. Meu Deus. O quarto decorado, cara. O quarto decorado. O móbile girando sozinho em cima de um berço vazio e Eliana chorando. Mó trauma, cara. Mó trauma.

Aquele papo estava descambando para um lugar tão sombrio e triste que pensei em mudar de assunto, pegar ele pela mão, levar pro Edinilson, beber alguma coisa com ele, botar o cara num táxi, mandar ele pra casa e eu me matar. Mas nem ele nem Eliana se mataram. Nasceu meu sobrinho e depois outro. Então era melhor mesmo parar de ser um bosta que acha que tem todos os problemas do mundo e deixar o cara falar. Numa dessas, me ocorreu na hora, eu aprendia alguma coisa de substância.

— Eliana ficou devastada, achei que ela ia desistir. Desistir de filho, desistir de mim, do casamento. Desistir da... Só que aí fui falar com o pessoal sobre isso. Sabia que é comum? Aborto espontâneo. Eu não sabia que era comum. Porque ninguém fala sobre isso, entende, cara? Isso acontece com um monte de gente, mas todo mundo fica quieto. Não tá em *Marie Claire* nenhuma. Não tá em folheto nenhum de maternidade. E Eliana naquela vibe, acabada. Ela tinha certeza de que nunca mais ia poder engravidar. E ninguém, cara, ninguém fala dessas coisas! A gente não falou dessas coisas. Quase nos separamos naquela época. Ela chorava até quando eu dizia que era hora de dormir. Chorava de fome, chorava de sede, chorava por chorar. Eu achava que estava numa casa de isopor, tinha medo de dar um passo. Que barra, cara...

Eu estava um pouco chocado, bastante desconfortável e me sentindo um tanto inadequado. Era triste, ele estava falando da minha irmã! E mais: eles eram gente normal, com problemas normais e uma vida de cachorro. E ali estava Otávio, que podia ser qualquer um, mas não era.

— E, bem, assim vai, porque não para aí, né? O tempo passou, Eliana parou de chorar e a gente teve um filho. Aí vem problema com as crianças. Roberto fazendo xixi na cama, apanhando na escola... Você acha que tem algum lugar onde a gente pode ler a respeito e descobrir o que fazer nessas horas? Você fica sozinho, cara. Sozinho. Nenhum livro de autoajuda. E a Eliana ficava em cacos, porque eu estava sozinho. Daí é problema no trabalho. Ninguém fala dessas coisas, cara. Pensa aí, problema no trabalho. Agora pensa mais um pouco, você com problema no trabalho e seu filho precisando de você. Fica tudo aí pra gente adivinhar, se virar como pode, achando que tá tudo errado com a gente e que ninguém além de nós passa por essas coisas. Quando conversamos com os outros, tá tudo bem, né? Ninguém conta os próprios problemas. E, quando conta, é aquela coisa séptica, sem cheiro e sem cor. É por isso que a grama do vizinho sempre parece mais verde. Você é um bosta que não sabe ser pai, que não sabe ser marido. Mas é porque ninguém fala do loser que é, né? Todo mundo bonzão! Bem, e agora isso! Nenhum livro! Nenhum gênio da filosofia! Nenhuma autoajuda! Escreve aí no teu livro! Explica aí pras pessoas o que fazer quando acaba o casamento! E o que fazer quando o casal briga mais do que qualquer coisa. Não contam pra gente essas paradas, né? Não ensinam na escola! O que se faz com as crianças? Quem é que tem que passar por isso?

Eu estava com os dedos dormentes por segurar a latinha gelada na mão, sem me mexer. Ele respirou fundo e seguiu olhando para minha estante de livros da sala, vazia exceto por uma Barsa velha e umas pastas de documento. Bebeu um longo gole e continuou:

— Sei lá, cara... Queria perguntar essas coisas pro teu... pro diabinho. O que ele responderia? O que dá pra responder? Será, Geraldo, que existe alma? Será que todo mundo tem alma? Quero acreditar que sim. Nem é por mim. Eu não sou nada. Faço análise de mercado para seguradoras. E faço Eliana infeliz. É o que eu sou. É o que eu faço. Grande coisa, eu. Com alma ou sem alma, dá na mesma. Mas meus filhos? Roberto? Luís? Porra? Eu olho pra eles e acredito em alma. Claro que eles têm alma. E eu? Tenho alma? Eu não sou coisa nenhuma. Meu pai me batia. Ele tinha alma? E os fetos que morreram antes da gravidez do Roberto? Tinham alma? O que fizeram eles de errado? Nada. Não tiveram nenhuma chance. Meu pai nasceu e cresceu, e ele me batia. Parei de falar com ele assim que saí de casa. Já minha mãe, putz. Estava revoltado com ela, estava bravo. Que ela deixava o meu pai fazer essas coisas. Não que achasse que tinha sido culpa dela, não achava. Mas ali, em algum lugar dentro da minha cabeça, ainda pensava se ela não podia ter feito mais. Se ela não podia ter feito ele parar. Se ela não podia ter me tirado de casa. Sabe o que eu fiz? Parei de falar com ela pra não ter que confrontar a velha com essa pergunta. Sabe o que ela fez? Ela veio até mim e disse: "Filho, te perdoo". Caramba, cara! Filho, te perdoo!? Eu apanhei a vida toda! Comecei a chorar e a abracei. Queria dizer: mãe, te perdoo também. Mas não disse nada. Nunca disse nada, nunca. Nunca vou falar também. Tenho medo de dizer pra ela o que eu queria mesmo dizer. E agora Eliana, cara. Você sabe o que é pra mim ver a Eliana assim, tão quebradiça? Um poço de tensão, a ponto de explodir. Por minha causa? Sei lá se é por minha causa. Acho que era pra ser minha responsabilidade, sabe? Fazer ela feliz. Eu não sei. Eu não sei. O que eu fiz? Fiz alguma coisa? Eu não sei. Quando você tem um punhado de areia se esvaindo pelos dedos e não tem como segurar tudo…

Ele fez que segurava um punhado de areia, na frente da cara dele. Ficou olhando os grãozinhos de mentira caindo no colo. Só consegui pensar em quanto aquela era uma metáfora dolorosa pra apresentar pra um cunhado seu, alguém de quem você nem gosta.

— Quando você não consegue segurar, você é culpado de alguma coisa? Tem algo que você fez de errado ou algo que deveria ter feito e não fez? A areia vai escorrendo pelos dedos. Escreve isso. Escreve: às vezes, a gente tenta segurar a barra, mas não é sempre que a gente consegue, e a barra cai. A areia se esvai. Você é que estava certo de contar pro Roberto que o mundo um dia vai acabar, que o Sol vai engolir tudo e a Terra vai derreter. Nada vai sobrar. Nenhum lugar sagrado, cemitério, arte, construção, música ou memória. O túmulo do meu pai, o que restar dele, vai virar vapor dentro do Sol. A Capela Sistina, o Santo Sepulcro. Tudo vai se pulverizar, deixar de existir. Não vai ficar nem na memória de ninguém, que não vai ter ninguém pra se lembrar de coisa nenhuma. E as almas? Se é que existem. Se meu pai tinha uma alma. Se eu tenho, se meus filhos têm… As pessoas ensinam a gente que vai tudo para o Céu ou para o Além. Mas o que acontece com o Céu ou o Além, depois de o Sol acabar com tudo? O Sol vai acabar também com o além? Seu pai tem razão. O negócio, só o que nos resta, é tentar ser feliz até que tudo se acabe. E até nessa miserável missão eu tenho falhado.

Sem pausar nem olhar pra mim, ele perguntou:
— Posso dormir aqui?
Botou a cabeça para trás e fechou os olhos.

Eu fiquei olhando pra ele, mal barbeado, camisa amassada, sentado com a cabeça jogada para trás, olhos fechados, sem o reconhecer. Estava tudo errado. Acho que era porque eu estava vendo a alma dele ali no sofá, nua. Alguém sabe como falar com uma alma nua? Não sei.

— Pode. Pode, sim. Claro. Eliana sabe que você está aqui?

— Acho que não. Não sei.

— Posso ligar pra ela?

— Faz o que você quiser.

Fui para o quarto e peguei numa gaveta um lençol e um travesseiro pra ele. Mandei mensagem pra minha irmã e me acomodei na frente do computador, olhando a tela.

Otávio invocou o fim do mundo, o fim da humanidade, o fim de tudo que é sagrado e profano. A cara da improbabilidade, coisa que eu não incluiria no livro. Porque eu era um babaca chorando uma dor inventada por um monte de alemão do século retrasado, e Otávio era um pobre-diabo que nunca me odiou de verdade. Que merda.

Azazel olhava pra mim, me observando como se fosse eu dentro de uma garrafa.

— E agora?

— E agora o quê?

— Você vai fazer o que com isso?

— Isso o quê?

— Esse monólogo todo. Esse cara poderia escrever o livro pra você. Facinho, poderia me substituir aqui.

— Quer que ele venha aqui te substituir? Você quer trocar de lugar com ele?

— Valeu. Prefiro minha garrafa e minhas larvinhas.

Sorri, com aquela sensação de que algo ruim se desfazia aos poucos. Se eu não fosse um babaca cínico, teria admitido que o que Otávio precisava era de amor. Um amor que, por parte da minha irmã, jamais viria.

Mais do que nunca eu tinha que ser um babaca filho da puta cheio de recalques emocionais escondidos por trás de um cinismo implacável, ou teria que admitir pra mim que eu próprio não tinha condições de dar nem mesmo um abraço no meu cunhado. Na hora eu não pensei nisso, mas acho que senti, porque sentei pra escrever, com um caroço na garganta.

Parte 2 — TODO MUNDO MORRE

— Doutor Rodolfo, tá fraco.

— Fraco é o teste de QI do presidente.

— Vá lá, Geraldo... Título fácil, simplista até. Denominador comum no calcanhar da escatologia. Qualquer autorzinho escreveria isso. Todo mundo morre, tudo acaba, há o fim e o começo, o ciclo da vida, coisa e tal.

Apaguei e escrevi de novo.

Parte 2 — TODO MUNDO MORRE, VOCÊ E TUDO QUE VOCÊ AMA E ODEIA VÃO DEIXAR UM DIA DE EXISTIR

— Um pouco melhor.

— Meio pesado...

— Mais ou menos. Deixa assim, por enquanto. Vamos ver aonde é que você chega com isso. Talvez você deva começar com um tom menos sóbrio. Faça parecer que você vai levar o leitor pra um passeio.

— Olha pra minha cara de passeio...

— Vamos lá, Doutor Rodolfo. Tenho certeza de que você saberá de algum tour especial pra levar todo esse amargor.

Fiquei olhando para a página branca, o cursor piscando, sem saber por onde começar. Azazel olhava ora pra mim, ora pra tela do computador. Até que não se aguentou mais de impaciência e disse:

— E aí? Não vai escrever nada?

— Não sei o que escrever.

— A sua explicação sobre o fim do mundo me parece um material de primeira. Por que você não usa isso? Eu chamaria de niilismo científico. Que tal?

Um demônio falando como um dos meus professores do mestrado, mas fazendo análise bunda. Era só o que me faltava.

— Olha aqui, eu paguei uma fortuna por você e gasto mais uma fortuna por mês em groselha natural pra você me ajudar a escrever isso aqui. Não preciso que você venha me fazer um resumão raso sobre astrofísica.

— Tá, entendi. Quando bebe uma porcaria de uma cerveja, você é um mal-humorado. Sabe o que mais? Chame como quiser, mas o material é sólido, eu usaria. Seu cunhado está ali no seu sofá, tendo um ataque de depressão. Ele está literalmente desesperado. Vai lá! Use isso. Você mesmo, horas antes, contou para o filho dele, de nove anos, que o desespero deveria ser parte integral do existir, pois, no final e acima de tudo, não há esperança. Não é isso? Escreva.

```
Venha viajar comigo!
    Você pode pegar um avião ou então usar apenas um
mapa velho, um mapa novo, um aplicativo ou só a sua
imaginação.
    No Leste da Romênia existe uma cidadezinha chamada
Medgidia. São menos de cinquenta mil habitantes. Fica
perto da costa do mar Negro. Tem um canal que corta a
cidade e um pequeno porto fluvial na beira do canal.
No centro da cidade há uma agência postal. Bem na fren-
te da agência postal há um minimercado. É só uma pe-
quena porta e um toldo, espremido entre um banco e um
xerox, embaixo de um predinho de dois andares, igual
a outros na cidade e na Romênia toda.
    Acontece que naquele exato lugar, no ano de 3745
a. C., foi construído um pequeno altar em homenagem ao
grande guerreiro Azhur, morto ao defender sua tribo
contra o ataque dos povos do sul. Azhur não chegou a
ser enterrado ali, pois seu corpo jamais foi recupera-
do, mas o santuário floresceu e prosperou.
    O altar era a única construção de pedra dos arredo-
res, e o povo Azhurne (filhos de Azhur, na língua lo-
cal, como passaram a se chamar) dedicava suas oferen-
das ali toda primavera. Azhur recompensou, dando ao
seu povo fartas colheitas por muitas décadas.
    Durante mais de 1.500 anos, a história de Azhur pas-
sou de pai para filho. Mais de setenta e cinco gerações.
O altar, agora muito maior, com uma estrutura de ma-
deira e barro, telhado de folhas e até uma pequena
horta plantada ao seu redor, era o centro da vida dos
Azhurne e o lugar mais sagrado que existia num raio de
mais de cinquenta dias de caminhada. Mulheres estéreis
tiveram filhos com a ajuda do espírito de Azhur. Doen-
```

tes se curaram, guerras foram vencidas. Líderes ali discursaram e juraram fidelidade total ao antigo guerreiro e ao povo Azhurne.

No ano de 2213 a.C. uma enchente de proporções jamais vistas atingiu as terras de Azhur, que ficaram inabitadas por quase um ano. O povo saiu de lá e, rodeado de outros refugiados, doenças e fome, acabou se espalhando por toda aquela região. A história de Azhur até chegou a ser contada por várias outras gerações, e acabou por se fundir com a história de outros heróis e outras guerras. Mas ao final, depois de anos em que o altar já não existia e que o povo Azhurne se incorporou a outros, Azhur foi mencionado por uma última vez para nunca mais ter seu nome lembrado.

— Bonito. O perigo — avisou Azazel — é que vão achar que isso tudo é pesquisa de história séria de sua parte.

— Eu vou avisar que inventei tudo.

— Ainda assim...

Perdemos a medida do tempo porque estamos ocupados demais com o que conseguimos medir pelo nosso próprio relógio. Daí que não vemos que todos os lugares considerados sagrados estão hoje marchando sobre a superfície do planeta, em cima de placas tectônicas. Eles deixarão de estar onde estão e logo deixarão de ser. É uma questão de tempo. A nossa civilização existe há apenas poucos milênios. Antes de nós, também havia humanos prontos para dar a vida por seus lugares sagrados — lugares que hoje são tão anônimos quanto o minimercado de Medgidia. Um canto que era o mais importante e o mais sagrado do mundo para um povo, por milhares de anos, agora está esquecido, vendendo picolé e cigarros do outro lado da rua da agência postal.

Com o tempo, o que não deixar de existir na sua forma física decerto perderá completamente o sentido para os que virão depois de nós. Azhur e seu povo não existiram de verdade. Mas sua história bem que podia ter sido verdadeira, e nós nunca ficaríamos sabendo.

No final das contas, tudo na Terra será transformado em fogo e pó. Se não o fogo e o pó físicos, certamente o fogo e o pó da memória. Haverá para os que viverão muito mais a tratar do que as mesquinharias das memórias, nossas dores pessoais. A sagrada memória de quem nos é querido, aquela parte da pessoa que queremos crer como sendo alma, e até mesmo os restos físicos de tudo o que amamos, de tudo o que odiamos, deixarão de existir. Haverá um dia em que ninguém mais se lembrará do que, para nós, é tão importante, do que nos faz ser quem somos. Pouco tempo depois, não haverá nem sequer um sinal de que qualquer um de nós ao menos existiu, de quem amamos, de quem odiamos, de quem nos fez ser quem somos.

— É isso que você diria para o seu cunhado?

— Não. É isso que um pau no cu que nem eu diz a si mesmo. Você talvez não entenda, Azazel. Você aí na sua garrafa, chupando suco de larvinhas esmagadas. Mas, do lado de cá do vidro, eu me sinto um imbecil tentando ser niilista. É molinho posar de intelectual quando não é o seu mundo que está se esfacelando.

— Bom. Muito bom. Agora pense bem em como continuar. Pense no que você quer responder para si mesmo.

E eu pensei. Não em mim, que não valho nada. Pensei no Roberto, meu sobrinho, e no que eu responderia agora se ele me perguntasse "Então, pra que tudo isso, tio?".

> Nada vai durar. Dado a uma escala de tempo longa o suficiente, nós não vamos durar. Não vai restar nenhuma evidência de que um dia existimos. Nem você, nem eu, nem este livro. Em alguns anos alguém vai achar a última cópia inteira deste livro no meio da coleção do seu avô e, com sorte, vai levá-lo para um sebo. Lá, provavelmente vai ser rejeitado. Não por ser bom ou ruim, mas por ter deixado de fazer sentido.

Até *O melhor livro de autoajuda do mundo* vai se desintegrar. Mesmo que sobreviva em texto em bytes na nuvem, é difícil acreditar que o conteúdo continue tendo algum significado útil. Porque existir é contido em si mesmo, mas o valor dessa existência só faz sentido em relação a todo o resto.

E, mesmo que *O melhor livro de autoajuda do mundo* permaneça em uma estante, o que existe ao redor vai invariavelmente mudar, e, portanto, sua relação com tudo que há ao redor vai mudar.

O leitor incauto deve estar achando que a conclusão lógica é de que nada tem valor intrínseco, que tudo que resta é sair pelado pela rua numa orgia até que venha a morte, nada resiste ao tempo. Portanto, tudo é efêmero e insignificante.

É o contrário.

É justamente o efêmero que traz a preciosidade do momento.

O sagrado do templo de Azhur só existe porque há quem o reconheça como sagrado.

Qualquer valor ou importância que uma coisa tem é aquele que nós mesmos damos a ela. Agora. Neste momento. É tudo que vale, e é tudo que conta. A única maneira de darmos verdadeira importância ao que nos é amado é entender que esse valor só existe neste exato instante.

A vida só tem o sentido que damos a ela, e o fato de não termos uma percepção clara desse sentido, ou da nossa escala na linha do tempo, não significa que não haja um sentido. Pelo contrário. É a única coisa que nos resta e é a única verdade da qual podemos ter absoluta certeza: o que nos é precioso, o que amamos e nos faz ser quem somos só podemos cativar aqui, agora, e nunca mais.

Em meio ao caos e à incerteza, é importante lembrar que estamos todos navegando em uma existência cujo sentido é dúbio e unicamente privado, às vezes extrapolando um papel histórico imediato. Respiramos o oxigênio gerado como refugo tóxico por algas marinhas bilhões de anos atrás. Oxigênio esse que talvez seja uma das substâncias mais tóxicas e perigosas para o bom funcionamento de nossas células. Mas elas, ainda assim, funcionam e, paradoxalmente, só funcionam por causa desse oxigênio. Por mais incrível que esse acidente fisiológico pareça — e é incrível mesmo —, isso não nos faz especiais. No grande esquema das coisas, sua existência não tem razão nenhuma de ser, nem tem qualquer importância. Mas, a cada vez que se enche o pulmão de ar, um pequeno grande milagre que se estende até a infância da vida na Terra acontece.

Digitei o ponto-final do parágrafo e fiquei ouvindo o silêncio.

Azazel deu um longo assovio que eu não soube interpretar se foi de aprovação ou não.

— Gostou?

— Você pegou pesado.

— Acho que vou voltar a escrever livros infantis.

— Eles também são assim, cheios de mensagens de otimismo?

Escrevi mais naquela noite. Escrevi até estar convencido de que qualquer pessoa forte o suficiente para ler aquilo sem pensar em largar tudo passaria meses sem vontade de sair da cama. Azazel começou a dançar uma conga, de tão contente que estava com o texto.

— Supremo!

— A gente tem que lembrar que era pra ser autoajuda, não era não?

— Pois justamente. Demolir conceitos antigos para reconstruir novos sobre as ruínas. Refazer o que foi desfeito pela angústia e pelo desespero por meio de uma reformatação de valores.

— Eu vou dormir.

— Você está ficando sóbrio.

— E com sono.

Eu sentia muito sono, mas nunca foi tão difícil dormir. Eu nem sabia, mas o dia seguinte seria mais uma prova de gincana mental.

CAPÍTULO 8

O fim do Universo, pelo jeito, começa num domingo. Como moro sozinho e trabalho em casa, pra mim domingo é como qualquer outro dia da semana. A diferença está no barulho da rua, na disponibilidade das pessoas e na clientela do Edinilson.

Neste domingo em especial, havia também o fato de ser o primeiro domingo do resto da vida de Otávio. Foi admirando o fim do Universo da janela do quarto que lembrei que ele estava lá, dormindo no sofá da minha sala. Fui tomar um copo d'água e sem querer acordei o coitado com o barulho.

Ele despertou assustado, os olhos vermelhos e a cara inchada. Olhava ao redor como se fosse uma surpresa completa ter acordado naquela sala. Talvez tenha sido mesmo, vai saber o que sonhou de noite. Me ver ali, de camiseta e cueca samba-canção, não tornou a tarefa de entender seu papel no mundo mais fácil. Por fim, houve uma rápida expressão de reconhecimento.

— Bom dia, Otávio. Vou descer pra tomar um café ali na frente. Quer vir?

— Não, não. Eu... não. Eu vou pra casa.

Ele abotoou a camisa, ajeitou a calça, pôs os sapatos com pressa e fez menção de sair do apartamento. Quando estava fechando a porta, parou. Envergonhado, olhou pra mim pela primeira vez naquela manhã e disse:

— Olha, tudo aquilo que eu falei ontem...

— Não esquenta, fica entre nós.

— Obrigado.

— Se precisar de uma força... Dormir aqui, qualquer coisa... Pode vir de novo.

Ele deu um quase sorriso e foi embora. Eu fui tomar meu café.

» » »

Domingo tem um cheiro especial. Na rua há menos carros, menos poluição, menos fritura, menos gente suja. Se o tempo está bom, há até a sensação de primavera no ar — seja qual for a estação do ano.

Choveu um pouco durante a noite. Com os bueiros entupidos, as canaletas nas margens da rua seguiam cheias de poças de água encardida, as calçadas estavam secas. Secas e sem gente. Àquela hora da manhã, eu era o único que enfrentava o dia na rua. Fui me aboletar no meu querido cantinho do balcão de vidro do Everaldo, próximo à extremidade onde descansavam antiquíssimos salgados e sonhos. Sempre achei a metáfora conveniente: o canto dos sonhos esquecidos. Sentei-me ali e peguei o jornal que algum outro masoquista antes de mim abriu e deixou largado no balcão.

Eu estava um bagaço. Talvez fosse por causa das notícias no jornal, que estavam particularmente ruins naquele dia. Ou talvez por estar sentado ali sozinho com o atendente uniformizado, naquela rua, normalmente, tão movimentada. Me recusei a contabilizar o óbvio. Eu poderia estar mal assim por causa da visita do meu cunhado. Sou irracional quando posso. Dormi mal, sonhei com meus sobrinhos, com manchas solares e com um eclipse solar.

O atendente largou o café na minha frente. Estava especialmente ruim, devia ser do dia anterior. Botei um pouco mais de açúcar do que de costume. O café ficou tão melado que quase não escorria na xícara. Já o pão na chapa que chegou sem eu pedir estava bom. Foi uma alegre surpresa ver que estava quente e não estava rançoso. A chapa devia estar limpa. Comecei a comer devagar e sem fome enquanto me debatia para achar uma desculpa para continuar lendo o jornal. Estava quase desistindo e indo de volta para casa, quando me aparece o Xaxim.

— Olá, amiguinho.

— Oi, Xaxim.

— Como vamos?

— Naquelas. O que você faz aqui a essa hora?

— Eu sou velho e aposentado. Você queria que eu estivesse fazendo o quê? Sendo um clichê e jogando pão pros pombos? Como vai o livro?

— Uma bosta — respondi em um tom casual.

Ele levantou as sobrancelhas cabeludas, rindo de mim.

Confirmei com um aperto de lábios enquanto dobrava o jornal e virava meu banco pra ele.

— O diabinho não está ajudando?

— Esse pau no cu está infernizando a minha vida, isso sim.

Xaxim riu, levantou o dedo indicador, tentando chamar a atenção, e pediu para o rapaz que estava atrás do balcão.

— Traz aí um cafezinho pra mim, faz o favor? — E se virou pra mim. — O que você queria que um diabinho fizesse? Te trouxesse alegrias mil? É um diabinho, não um cachorro.

— Caralho, o que eu tinha na cabeça? Que é que eu tinha na cabeça? Porra, Xaxim, é um livro de autoajuda, boceta! Em vez do diabinho, eu devia ter comprado um labrador lambão. Daqueles que se emocionam quando a gente chega em casa, abanam o rabo batendo em tudo e se mijam inteiros. Aí eu ia sentar com ele, escrever coisas do tipo "Sonhe alto e acredite, mude o seu paradigma…", e ele ia lamber o meu rosto de alegria. Poxa! Eu podia ficar rico escrevendo um livro sobre correntes eflúvias, astrologia e por que Marte é o responsável pelo seu fracasso, e como comer sucrilhos todas as manhãs pode resolver o seu problema masturbatório. Cara! Eu ia dar palestras pelo país inteiro usando um enorme medalhão de estrela de sete pontas com um emoji no meio. Essa porra ia vender pra caralho. Mas não! Eu vou até a puta que vos pariu pra comprar a porcaria de um troço que parece a mistura entre um acidente nuclear e um feto de hambúrguer abortado. Ele me enche a cabeça de porcaria e eu acabo escrevendo sobre o fim do mundo. Enfim… O livro tá uma bosta.

Xaxim me ouviu balançando a cabeça. Daí perguntou:

— Só pra esclarecer, me diga uma coisa: você tem mesmo alguma ideia de como resolver problemas masturbatórios comendo sucrilhos todas as manhãs?

Olhei bravo para Xaxim, mas logo sorri.

— Eu não teria sido o primeiro. Posso te explicar depois, se você quiser saber.

Chegou o café do Xaxim, e ele fez uma pausa para pingar adoçante.

— Explica, então, o que foi que aconteceu? Por que você não escreve o seu livro de labrador lambão?

— Eu não consigo. Eu tentei. Juro que tentei. Sentei na frente do computador e comecei a encher a tela de letrinha, passando a mão na cabeça do meu leitor como se ele fosse um deslumbrado imbecil. Eu não tinha certeza de como começar, mas o diabinho foi fazendo o trabalho dele. Não deu cinco minutos e me senti tão mal que precisei parar tudo.

— Você não parece mesmo ser do tipo que fica passando a mão na cabeça de um leitor deslumbrado e imbecil.

— Não.

— Bom pra você.

Suspirei fundo e fiquei olhando as bolhas navegando sobre a água preta parada entre o asfalto e o meio-fio da rua. Isso me fez lembrar o meu café. Me ocorreu que devia ter o mesmo gosto.

— Bom, mas bom mesmo, não parece ser. Se fosse, eu estava cagando dinheiro.

Xaxim sentou no banco ao meu lado. Bicou o café e fez uma careta, mas não me respondeu. Ele continuou tomando seu café, olhando para um ciclista que passava no meio da rua. Por fim, disse:

— Sabe o que é pior, Geraldo? Eu vou te dizer. O pior mesmo é ser velho.

— Ah, para, Xaxim... Você está bem.

— Vá, Geraldo! Você diria isso a alguém jovem? A gente só diz "Como você está bem!" pra gente velha ou doente. O que você está querendo dizer é que eu ainda não estou decrépito nem obsoleto. Estar decrépito ou obsoleto é uma opção. Ficar velho, não. Entropia, conhece?

— Sei, eu...

— Foi uma pergunta retórica, Geraldo. Não é pra responder. Eu sei que você sabe o que é entropia.

Xaxim fez que pensou em algo e completou dizendo:

— Enfim, entropia. A gente vai se desgastando, perdendo o lustro.

Ele suspirou, pensou um pouco e me passou o pito que provavelmente já tinha planejado antes. Em todos esses anos que nos conhecemos, nossa relação sempre foi assim: papo furado até Xaxim fazer aquela cara e eu já sabia que vinha história comprida.

— Eu viajei por aí tudo, sabe? Fui pra Índia, China, Guatemala, Nova Guiné... Vou morrer pobre de dar pena, mas gastei bem meu dinheiro quando ainda tinha alguma energia. Lá em Beijing eu estava numa tarde dessas passeando por um parque lindo, na frente de um rio. Tinha lá uns velhinhos fazendo tai chi, numa leveza de pluma, como se não tivessem seus setenta, oitenta anos na cacunda. Eu nem era velho ainda. Também nem era assim tão jovem, mas eu precisava invejar aquela disposição toda. Foi bonito ver aquilo. Mas, bem, deixe esses velhinhos pra lá. Não era deles que eu queria falar. Eu queria falar de outro velhinho, que estava ali por perto. Então, esse velhinho carregava um pincel enorme. Parecia um escovão desses de limpar piso em shopping. Era um pincelão e um balde cheio de água. O velhinho metia o pincel dentro d'água, *splash*, tirava o pincel e em dois ou três movimentos rápidos, com a água, desenhava um caractere chinês ali no chão de lajota. Em cada lajota, elas tinham uns quarenta, cinquenta centímetros, ele rabiscava uma letra. *Splash*, pincel no balde, *shlapt-shlapt*, desenhava a letra. Pingavam do pincel algumas gotas de água no caminho do balde até a lajota. Até essas gotinhas tinham lá a sua elegância. Era lindo. Absolutamente lindo. Ficava sentado ali olhando o velhinho fazer sua caligrafia com água nas lajotas no piso do parque.

— Difícil te ver sentado paradinho vendo um velho desenhar letrinha no chão com um pincel de água. Nem agora na tua idade, imagina mais jovem.

— Pra você ter uma ideia de como o velhinho mexeu comigo. Mas nem era só isso, porque, à medida que o tempo passava, as letras iam secando e deixavam de ser visíveis. Uma ou duas linhas acima do que estava escrevendo já tinham secado. Via-se um degradê de ideogramas escuros sobre a lajota clara, outros já mais claros, até ali em cima, onde já não se via mais nada. Um ocidental poderia se perguntar: por que é que fazia aquele trabalho todo com água, e não com tinta? Aquilo era lindo, e estava secando! Aí... Bem, aí a pergunta e a resposta vieram ao mesmo tempo, como um martelo na alma: a tinta iria desaparecer também! Um pouco mais devagar que a água, é certo, mas também iria sumir pra sempre. É só uma questão de escala de tempo. O velhinho era esperto. O trabalho dele era muito mais verdadeiro e honesto feito com água do que com tinta. A água sob o sol, com aquela urgência em desaparecer... A tinta iria se desgastar em poucos meses, talvez alguns anos, mas ia sumir da mesma forma. E o que o velhinho estava escrevendo eram citações do Tao Te Ching, que é todo sobre a impermanência. No fim, a mensagem era aquela: nada existe além do ato de criar um futuro e lembrar esse ato como sendo o passado. Ninguém foi tão eloquente em me dizer isso quanto aquele velhinho fazendo caligrafia com água num chão de pequenas lajotas num parque em Beijing.

Fiquei quieto, olhando para os olhinhos azuis manchados de castanho do Xaxim.

— É por isso — continuou Xaxim — que eu tenho uma profunda raiva de jovens. Essa ânsia de capturar todos os momentos da vida em vídeo e foto, num desespero quase doente de segurar com a mão o tempo que vaza. Não entenderiam a mensagem do meu velhinho de Beijing. Eu sei, porque eu próprio não entenderia se fosse jovem.

Xaxim se ajeitou na cadeira e mudou de tom para explicar, mordiscando a articulação média do indicador, viajando pelo passado.

— Encontrei num bazar em Berlim um álbum de fotos e resolvi comprá-lo. Naquela hora não entendi o motivo e, vou te falar a verdade, acho que não entendo direito até hoje.

— Porra, Xaxim, Beijing, agora Berlim… Eu não terminei de tomar meu café direito ainda, nem sei onde estou.

Xaxim gargalhou.

— Achou que os conselhos do seu diabinho eram coisa do capeta? Os meus são piores. Aguenta aí, tenha paciência porque uma história tem a ver com a outra.

— Não duvido. Mas tem a ver comigo?

— Eu não estou nem aí pra você. Eu gosto é de falar! — Gargalhou outra vez e continuou dizendo: — Enfim, o álbum de fotos… É uma pasta, umas dez páginas encadernadas, fotos em preto e branco grudadas sobre uma cartolina preta. Algumas delas têm data. Fim do século XIX. Outras têm algumas anotações em francês. Um amigo meu diz que, aparentemente, as fotos são da região de Lyon. Aparecem ali algumas famílias diferentes. Há fotos tiradas no campo, de algumas ruas, de pessoas cheias de bigode posando com cara séria, de outras bem ordenadas em fila por ordem de tamanho para que todos pudessem aparecer bem em cena. Não tenho ideia de quem são essas pessoas. A única coisa que sei é que estão mortas. Seus filhos também, mortos.

Calculo que quase todo mundo que os conheceu também já estejam mortos. E que esse álbum foi parar na vendinha de um hippie em Berlim Ocidental, em 1987. E, de lá, foi parar na minha estante. Nem sequer paro pra folhear o álbum com frequência. É que eu tenho duas fileiras de livros. Lá em casa já não cabe mais nada. O álbum fica numa das fileiras de trás, numa das prateleiras do alto. Só cruzo com ele quando estou arrumando as coisas ou procurando por um papel. Quando dou de cara com ele, aproveito pra folhear. Teve uma vez que tentei imaginar quem eram aquelas pessoas. Em outras vezes eu simplesmente inventava um enredo pro álbum, que incluía uma louca fuga de alguém levando o álbum dentro de uma mala, cruzando a fronteira para a Bélgica, fugindo da guerra, e então, depois da Segunda Guerra, a família indo, por algum motivo, morar na Alemanha. Um sobrinho-neto, décadas depois, arrumando a casa, tentando vencer o aluguel e vivendo agora em um lugar muito menor, se desfez da quinquilharia e das fotos que não significavam nada pra ele. Aí as fotos foram parar naquele bazar e depois na minha estante. Pode ter sido essa história ou qualquer outra. Tanto faz. Apesar da minha curiosidade, nunca me esforcei pra descobrir. Mas o que eu fico pensando, mesmo, é o que esses distintos senhores e senhoras estavam pensando no momento em que tiraram essas fotos, o que aconteceria com elas mais de cem anos depois. É impossível que eles sequer tenham suposto que aquele álbum fosse parar na segunda fileira do andar de cima da estante de um jornalista brasileiro. Percebe o que estou te dizendo?

— Não muito, Xaxim.

— Zinquilhões de taquarabites de fotos armazenadas nos computadores do mundo hoje, da nuvem, da galáxia, vão virar uma pilha indecifrável de pixels daqui a menos de um século. Ninguém vai entender quem são as pessoas naquelas fotos, o que elas estão fazendo, por que decidiram se fotografar e o que estavam pensando. Por isso ainda guardo essa porcaria de álbum. Minha ex-mulher queria me matar... Ficar guardando velharia por motivos filosóficos? Ah... Só você mesmo, né, inútil? E o pior: nem posso falar que ela não entendeu nada. Entendeu, sim. Ela deu no pé porque entendia bem demais. Só achou a metáfora fraca. Fraca e desnecessária. Ela dizia: "Grandes coisas... Meu tataravô era algum bastardo da Lombardia que penou até morrer em Vêneto, provavelmente pobre e doente, ainda jovem. Não me venha falar que a vida é um fardo, a morte inevitável e o esquecimento é pleno". Ela era prática, minha ex fez bem em me chutar. Tinha toda a razão. O que não invalida o que aqueles embigodados de terno nas minhas fotos têm a dizer.

Passou por nós Boris, o cachorro da rua. Abanou o rabo pra mim, e dei a ele o que sobrou do pão na chapa. Isso o convenceu a ficar por ali mesmo, olhando para nós como se fossemos deuses.

— A caralha, seu Xaxim, é que agora surge qualquer faroleiro dando opinião sobre o meu livro. Todo mundo tem bunda e opinião pra dar pra quem escreve um livro de autoajuda. É foda. Eu venho aqui, tomo o meu cafezinho de domingo, depois de uma noite cachorra, leio essa porra desse jornal filho de uma puta, me sentindo o bosta mais merda desse Universo. Falo pro meu amigo que o meu trabalho está um cu, e o que meu amigo responde? Porra nenhuma. Ele me dá opinião e diz que só velho é que entende dessas coisas.

Xaxim riu e respondeu:

— E sabe o que é pior? É que todo velho é frustrado. Passa a vida aprendendo, apanhando, adquirindo experiência, daí encontra gente jovem fazendo burrada. Essa gente não entende o valor da experiência. Como poderiam? Não sabem a majestosa vantagem de ter experiência simplesmente porque nunca tiveram.

— É por isso? É por causa da experiência que você tá me contando essas coisas?

— Ah, não. É porque eu sou Deus, e você é o meu profeta! — Xaxim sorriu, e depois deu uma gargalhada. — É que tudo isso que eu disse é a mais pura verdade. E é que tanto faz como tanto fez se é mesmo verdade ou não. Mas, voltando a responder à sua pergunta: acima de tudo, eu acho que vale a pena dar uma dura e dizer umas coisas difíceis pra quem perde a perspectiva na vida. Ou, pelo menos, pra quem perde a perspectiva a ponto de comprar um livro seu.

Xaxim continuou a rir, e pediu mais um café.

PARTE 2

CAPÍTULO 9

Cinco semanas depois daquela conversa com Xaxim, eu tinha o livro terminado. Mas ainda estava para aprender a seguinte lição: quando se trata de livros de autoajuda, a gente sabe como começa, mas nunca como vai acabar. Era só o princípio da minha dor de cabeça.

— E aí? Já entendeu o que deu de errado com a tua vida? — perguntou Azazel.

Levantei a cabeça e, com uma voz rancorosa, respondi:

— Você, pra começar.

— *Moi*? Mas eu sou um santo!

Era uma segunda-feira. Eu estava sentado na cama, olhando de longe para o computador e para o meu demônio. Uma garrafa de Black Label numa mão e um copo na outra. Estava nessa posição há mais de uma hora e Azazel, até aquele momento, tinha me deixado em paz. Deve ter sido duro pra ele ficar quieto me encarando. Era provável que estivesse guardando algo para dizer há tempos.

— Você não vai beber, não?

— Hein?

— Você está segurando essa garrafa faz mais de uma hora. Não vai se servir logo e beber?

— Eu não bebo, Azazel.

— Abriu a garrafa por quê, então?

— Porque achei que dessa vez ia beber.

— Talvez você devesse mesmo. Assim você descobriria o que há de errado com a sua vida muito mais rapidamente.

— Já disse o que tem errado na minha vida: você.

— Posso chutar? Acho que sei, escuta só. Acho que você está há dois dias olhando pra esse teu livro ali na tela do computador, com medo de decidir que finalmente terminou de escrever. E mais: tá com medo de mostrar o que você fez pro Aloísio. Você sabe que não era isso que ele estava esperando, e agora é tarde demais.

É óbvio que Azazel tinha razão. Eu já tinha passado outras cinco semanas escrevendo e evitando Aloísio desde aquela conversa com Xaxim. Ou seja, desde que Aloísio deixou essas bostas de livros para me inspirar, haviam se passado oito semanas. Eu estava escrevendo fazia oito semanas.

Dois *fucking* meses.

Não queria mostrar pro Aloísio a merda que eu tinha feito. Não porque achasse que estivesse ruim — embora achasse. Era uma bosta, mas eu tinha me investido no trabalho. Era o grito de anarquismo que eu queria ter dado desde o começo. Eu era o Coelho Coelho indo para uma churrascaria. Era a resposta honesta que eu dava para o Roberto.

Por outro lado, não tinha nenhum motivo para acreditar que o texto tinha qualquer semelhança com o que Aloísio e a editora tinham em mente quando me contrataram.

Eu segui tentando caçar a Teoria da Desmotivação no meu dia a dia. Ora ouvindo a conversa dos clientes do Edinilson, ora ouvindo meu demônio. Preenchi o livro com um ziguezaguear de elucubrações infelizes. O coelho Coelho Coelho e seu marido Urso Passarinho teriam ficado orgulhosos de mim.

Vou tentar recapitular o que se passou nessas cinco semanas em que a porra deste livro se pariu.

» » »

Teve, por exemplo, a conversa maluca com uma das peguetes do Aloísio. Uma garota enorme de alta, gorducha, de pele muito branca e cabelo curtinho, muito preto. Eu estava no quartinho que servia de escritório para a lastimável revista literária que ocupava a cabeça e o bolso do meu colega. Ela estava me encarando há vários minutos.

— Qualé, Guiomar?
— Você tá tenso, Geraldo.
— Eu tô tenso?
— Tá, sim. Tá tenso. Você tem que relaxar.

A gente estava sentado cada um de um lado do mesão de vidro que servia simultaneamente de campo de batalha entre os autores, arquivo da redação e escrivaninha para quem precisasse. Eu me ocupava com correções na bibliografia do artigo para a edição daquele mês. Ela, com suas unhas e em analisar minha cara tensa. Aloísio estava em qualquer outro lugar do mundo onde provavelmente não era pra ele estar.

— Já desisti, Guiomar. Quando eu morrer, eu relaxo.
— Já tentou cristais?

— Como assim, cristais?

— Pedras, pedras de cristais.

— Na testa de quem?

Ela insistiu.

— Uns cristais sobre a sua mesa de trabalho iam te fazer bem. Ametista ajuda a filtrar as energias negativas.

— Ajuda?

— Hematita também ia te ajudar. Reflete tudo que tem de ruim no ambiente. Não fica coisa ruim estagnada. — Aí ela me olhou como se tentasse ler a minha mente.

— Qual teu signo?

— Por quê? — Porra? De novo? Eu deveria fazer uma camiseta com uma resposta qualquer pra não ter que repetir o tempo todo pra todo mundo. "Sou mais um Taurino com ascendente em Bicicleta tentando ignorar essa pergunta maldita!"

— É que cada signo tem uma pedra. Tipo, cada pedra emite uma vibração diferente. Aí, dependendo do seu signo, a sua aura vai aproveitar isso melhor.

Nesse momento, Aloísio entrou na sala e pegou essa última frase. Me conhecendo bem, ele já se meteu no assunto, tentando evitar que eu respondesse.

— Esses mistérios da alma, né, Geraldo? Ah! Geraldo é um cara muito espiritual... Que aura! Como todo sagitariano. Vamos almoçar?

Acabei ganhando um quartzo rosa, que larguei ao lado do Funko pop do Batman.

Agora estava ali, aquele obelisquinho de pedra colorida ao lado do suvenir da Érica, mandando energias positivas pra mim, a rede elétrica e Itaipu.

Quando depositei o quartzo em seu novo lar, Azazel ainda tentou tirar de mim uma reação menos cética.

— Isso não te emociona nem um pouco, né?

— Esse pedaço de pedra? Não. Podia ser o carburador de um Chevette 85. Provavelmente, o carburador de um Chevette 85 seria mais interessante.

— Nem te emociona o fato de seus leitores se emocionarem?

— Não. Estou pouco me fodendo. Não é o meu trabalho.

Azazel cruzou os braços. Num tom de voz de mãe zangada, apontou para o computador, dizendo:

— Vamos lá, Doutor Rodolfo. Você sabe tanto quanto eu que o quartzo é literalmente a ponta do Iceberg do que você quer dizer. Vá lá, diga! Abra o seu texto e escreva o que você está pensando. Seja educado!

Fiz o que ele mandou.

Parte 6 — AMETISTA, HEMATITA E QUARTZO. REALISTA SALTITA E CAZZO. A ÚNICA ENERGIA QUE TE MOVE É AQUELA QUE VOCÊ MESMO GERA.

Não culpe o mundo e as pessoas pelo seu estado de espírito. Não são o clima, o céu ou uma pedra que te fazem infeliz, triste, alegre ou exultante. Tudo depende, única e exclusivamente, da maneira como você reage em relação ao que te acontece.

» » »

Outro capítulo veio da frustração de Azazel. Acontece que ao longo da escrita ele foi perdendo a paciência comigo. Não que eu já não suspeitasse o motivo, mas ele resolveu me explicar mesmo assim e, puto comigo, olhou pra mim com irritação peculiar.

— Eu tinha era que ter ficado lá naquela loja do Jurandir.

— Eu tinha era que ter comprado um labrador lambão.

— Quê?

— Nada. Qual é o seu problema agora, Azazel?

— Você chama isso aí de livro de autoajuda?

— Eu, não. *Você* chama isso de livro de autoajuda.

— Cadê aquela sacudida? Cadê aquele espírito de criação? Eu não vim das profundezas do inferno pra você pegar leve desse jeito com o seu leitor.

— Leve? Eu vou é ser preso pelo que andei escrevendo aqui.

— Pois que seja preso por algum motivo sublime, então. Que chegue à delegacia e ninguém consiga te enquadrar em coisa nenhuma, de tão bárbaro que será o crime.

— Você quer ver eu me foder, né?

— Eu quero sentir a força do tapa que você dá na cara dos seus leitores viciados em realidade barata.

Ele simulou um tapa na parede de vidro do garrafão, e começou a sacudir a estante para ver se alguma coisa acontecia. Caíram o cacto e o boneco do Batman em cima de mim.

— Ah! Filho da puta!

— Anda lá! É hora de escrever!

Olhei o Batman caído no meu colo com a sua cabecinha molenga. Aquilo que eu estava fazendo era cruel. Gente branca, remediada (para, pai, você não é remediado... Você, eu e a mãe, nós somos todos uns fodidos), escrevendo sobre gente branca e remediada pra gente branca e remediada.

Parei para pensar no Otávio e no que esse cara passou. É um milagre que, com um pai fodido como o meu cunhado (esse, sim, seu Anastácio, você me concede ser um fodido?) e uma mãe neurótica como a minha irmã, meus sobrinhos sejam normais.

Batman olhou pra mim, eu olhei pra ele e o mandei tomar no cu. Ou se foder. Não lembro. Pensei em como minha irmã nunca parecia feliz e em como meu sobrinho sempre parecia alegre. Sorri, e disse em voz alta:

— Simbora, Roberto! O mundo vai acabar, e até que isso aconteça, bem, é o que nos resta:

Parte 8 — TERIA BRUCE WAYNE SIDO FELIZ SE SEUS PAIS NÃO TIVESSEM MORRIDO E ELE NÃO TIVESSE SE TORNADO BATMAN?

```
O maior feito de Batman não foi ter dado uma épica sur-
ra no Coringa, nem ter conquistado a Mulher Gato. Foi
entender que a santa busca pela felicidade é como cor-
rer atrás do próprio rabo. Foi entender que o mundo não
foi feito para ser feliz.
    O mundo não te deve nada, nem alegria, nem tristeza,
nem vergonha, nem glória. Dá para ser um super-herói,
carregando consigo só uma pequena dose de contentamen-
to sem ser ostensivamente feliz.
```

Bruce Wayne desistiu da briga pela felicidade por outras brigas menos abstratas. Não porque ele é um herói gótico que só tem satisfação nas coisas sombrias. Não. Isso não tem nada a ver com felicidade. Isso tem a ver com otimismo, e é sobre o otimismo que vou falar.

Otimismo tem sido confundido com felicidade (e vice-versa) por tanto tempo e com tanta veemência que muitas vezes apenas o fato de encarar a realidade sem pré-julgamentos e sem um escancarado otimismo é considerado depressivo (como se depressão fosse o oposto de felicidade, o que não é).

Você ainda pode ser um irremediável pessimista, e ainda assim ser feliz.

Somos obrigados a ser otimistas. Somos chamados a nos levantar da cama acreditando piamente que o mundo é fundamentalmente um lugar onde tudo que pode acontecer de bom acontecerá. O importante é acreditar.

É como se o simples ato de ser uma pessoa otimista tivesse uma força mágica de tornar tudo melhor. Mas, ao contrário, não ter a certeza de que tudo acabará bem, ou supor que existem boas chances de as coisas não acontecerem como gostaríamos, automaticamente transforma o mundo em um lugar pior.

A maior parte dos livros de autoajuda repete com insistência que há um poder mágico no pensamento positivo. Mas este aqui é *O melhor livro de autoajuda do mundo*, e vem dizer que não. Não existe pensamento mágico algum. Além de ser um truque motivacional barato, simples e temporário, não há nenhum poder mágico no pensamento positivo. Ele não controla a sua felicidade, muito menos a realidade do mundo. O mundo não depende do que você acha dele, tampouco vai se modificar só porque você é uma pessoa otimista.

É verdade, quando Batman sai da sua batcaverna para bater em supervilões de Gotham City, é fácil considerar que ele se mune da crença de que tem razoáveis chances de vencer a briga — pensa positivo. Mesmo porque, diante do adversário, a estatura de dominância que tem alguém que acredita com força na própria vitória é uma vantagem. Funciona com Batman, com lutadores de artes marciais, esportistas e vendedores de carros usados, para quem tantos e tantos manuais de venda foram criados. Mas o simples ato de pensar positivo não é um componente mágico que distorce a realidade a seu favor. Não é assim que as coisas funcionam.

Mas, Doutor Rodolfo, como as coisas funcionam, então? O que custa manter uma atitude positiva? Não é um benefício em comparação a ter uma atitude pessimista?

Essas são excelentes questões. A atitude positiva pode fazer você se sentir bem. Mas a obrigação de ter que se sentir sempre otimista é um fardo. Não corresponde à realidade e definitivamente não pode ser confundida com felicidade. Atitude positiva pode dar um chute inicial na sua estamina, mas encarar o mundo com as cores mais exatas possíveis pode ser muito mais saudável e trazer muito mais sucesso.

Entender, sem preconceito, que o problema pode ser você, tentar ver a situação na sua forma mais exata, é uma tremenda vantagem e pode te salvar de cometer uma temeridade. Saber, sem tentar se enganar, que a situação é muito grave, pode evitar uma tragédia. Entender os limites, seja para evitá-los ou desenvolver um plano para superá-los, é o início do que eu conceberia como sendo felicidade.

Por fim, compreender que o mundo não te deve felicidade é o mesmo entendimento de que o mundo não te deve tristeza. Se Bruce Wayne não fosse Batman, ele teria que se levantar todas as manhãs e batalhar para construir sua identidade. Igualzinho ao mundo paralelo onde ele se tornou o Cavaleiro das Trevas. Não. Isso não é felicidade, mas a vida não deve ao Bruce Wayne, nem a você, nem a felicidade, nem a apatia. Trata-se apenas de uma gigantesca malha de estradas que vão te levar para a direção que você decidir ir.

Azazel olhou pra mim, sorrindo e babando sua gosma azulada. Era o que ele queria. Era o que ele estava me cobrando há bastante tempo: enfrentar a ideia de que "basta acreditar para que tudo aconteça e você seja feliz".

— Falta o soco do nocaute.

> Ser otimista não resolve nada quando tudo que se tem é uma atitude otimista. Pior. Atrapalha, porque você ficará buscando elementos positivos quando, talvez, a situação é desesperadora e exige encarar a realidade. Seja realista e o mais preciso possível sobre sua situação, arme-se do que você necessita para enfrentar essa realidade e vá adiante. Quer chamar esse ciclo de felicidade? Há quem o faça.

» » »

Outro dia, outro capítulo. Eu tomava meu café no Edinilson, em silêncio, sentado no meu canto preferido, olhando o trânsito e roubando a conversa do povo que tinha a infelicidade de se alimentar ali.

Penicilina forçou caminho até o caixa e deu de cara comigo, sentado no balcão ali ao lado.

— Boas, Professor?

— Beleza, Peniça?

Formalidades terminadas, Penicilina bateu sua mãozorra no balcão para chamar a atenção do rapaz que atendia no caixa naquela manhã.

— Alou, chefia! Traz aí um Derby?

O atendente alcançou o maço e o colocou na frente do freguês. Penicilina olhou o pacote e nem pegou. Fez cara de nojo e deixou sua reclamação:

— Ô, meu querido, não tem outro maço aí, não? Esse aí tem a foto de um homem brocha. Me vê um com uma foto de câncer na garganta? Ou então com enfisema?

O rapazinho do botequim pegou de volta o pacote e entregou outro.

— Tá bom este aqui?

O novo maço tinha a foto de uma perna necrosada.

— Tá melhor.

Distraído, Penicilina caçou a carteira num bolso da calça e acabou cruzando o olhar comigo. Tentou angariar simpatia para a causa dele:

— Melhor perna podre que pinto mole, né, professor?

— Sem dúvida.

Ele bateu continência rapidamente e partiu, acendendo um cigarro e atravessando a rua como quem não se importava em morrer atropelado. Larguei o copo vazio que ainda segurava e subi para minha casa para escrever.

PARTE 12 – O QUE AS COISAS SÃO, COM O QUE ELAS PARECEM E O QUE ELAS REPRESENTAM

Você está de férias, caminhando próximo de uma pequena cidade inundada de sol num vale no meio da ilha de Creta, no Mediterrâneo.

— Me conta uma coisa... Como é que a conversa com um bêbado ignorante no botequim te suscita uma imagem tão prosaica e medíocre?

— Me deixa escrever, Azazel?

— A diva tá mal-humorada! Vai, vai lá arrasar a vida do seu leitor com uma imagem de calendário de mercearia.

Caminhando por entre casebres lavados de reboco branco e oliveiras carregadas de azeitonas, você acaba esbarrando em algo que parece ser uma ruína muito antiga. Sem querer, você tropeça numa pedra. Só que não é uma pedra. É uma pequena estátua de uma mulher puxando os próprios cabelos.

Aqui a história pode tomar dois rumos.

No primeiro, você é um turista nos dias de hoje, e essa estatueta não desperta nada além de curiosidade. Você entrega a mulher puxando os cabelos para as autoridades arqueológicas, ganha um certificado e uma menção (ou tenta fugir do país levando a estatueta na mala e pode vir a ser preso).

No segundo rumo dessa história, ela acontece 3.000 anos atrás. Nesse caso, você provavelmente reconhecerá

Naru, a Deusa dos Pesadelos, e saberá que, por ter encostado nela (com os pés!) sem ser um sacerdote, estará condenado a sete anos de terríveis noites. Tremendo de medo com tão angustiante perspectiva em mente, corre para o Despenhadeiro Sagrado e de lá pula no mar. Se sobreviver, talvez a Deusa Naru se compadeça de sua alma e te livre da maldição.

Não há grande diferença inerente nessas duas narrativas do encontro com a estatueta de Naru. A figura é a mesma, o tropeção também. O que muda é o significado atrelado a cada uma.

Considere, por exemplo, uma bandeira.

Uma bandeira é, objetivamente, um pedaço de pano com um desenho por cima. Mas ela tem um significado que vai muito além de ser um pedaço de pano. Ela foi criada para representar uma nação. Uma nação é uma abstração. É a combinação do que se convém chamar de povo com elementos teóricos de sua autodeterminação, sua cultura, cidades, fronteiras… Ou seja, uma bandeira é um símbolo que representa uma abstração que é uma unidade de conveniência retórica política.

As pessoas esquecem que a bandeira, em si, não é uma nação, nem um país. Tampouco é um povo. Uma bandeira simboliza a ideia de nação, de país e de povo, sem o ser.

Mas quanta força tem esse símbolo! Tantas vezes vemos ele sendo usado para provocar tanto sentimento de amor, fúria, esperança nas pessoas.

Naru pode ou não ser uma deusa do panteão cipriota. A estátua, como objeto tangível, está enterrada em uma ruína. Mas o pavor que o toque nessa estátua promove é resultado do que essa estátua simboliza e quais as histórias que esse símbolo carrega. Sem conhecer o símbolo, o turista da atualidade não sente o pavor que um micênico sentiria.

A bandeira e a estátua, ambas são carregadas de símbolos. Os símbolos são abstratos e dependem do contexto. Mas os sentimentos são concretos e imediatos. Vão fazer o pobre fiel pular de um penhasco ou o jovem nacionalista correr para a guerra.

Mas é importante lembrar: os símbolos não são as coisas que eles representam. Na maior parte das vezes, os símbolos nem sequer evocam o mesmo sentimento que eles foram criados para representar. Por exemplo, alguém que não dá a mínima para as pessoas ao seu redor pode ficar ofendidíssimo de ver a bandeira do seu país sendo vandalizada. A própria bandeira que representa, entre outras coisas, o povo.

Vai que o sujeito não tem nenhum interesse em ter seu povo respeitado, ou qualquer povo. Mas o símbolo, a ideia platônica de nação, ou povo, que a bandeira incita nele, existe. E como! Há o exemplo do contrário também. Deus é o significante do amor. Portanto, numa concepção simplista que se baseia apenas em símbolos, uma pessoa ateia só pode ser cheia de ódio. Daí, a pessoa que deveria ter o coração mais cheio de amor, porque se submete à ideia do significante Deus do significado Amor, ataca violentamente o ateu numa atitude bem odiosa. Símbolos são simples. Mas a avalanche de sentimentos que eles trazem é complexa.

Naru que o diga.

» » »

Vou relembrando essas cinco semanas e contando apenas os infelizes momentos em que consegui rabiscar alguma coisa no papel. Os momentos trágicos em que preenchi centenas de páginas deletadas também foram apagados da minha memória.

Aloísio aparecia com certa frequência durante esse período. Eu próprio fui até a salinha da revista dele um par de vezes. Ele, sempre com uma pulga atrás da orelha, sabendo que alguma coisa estava acontecendo, e eu, sem dizer nada. Eu ainda tentava enrolar. Dizia que estava ocupado trabalhando em outra coisa, que não tinha tido tempo de tocar no livro, que não se preocupasse demais, logo mais iria começar a escrever.

Em seguida, a pulga se transformou em uma colônia, e ele insistia. Eu enrolava: sim, eu já tinha começado o trabalho. Tinha feito pesquisa, preparado alguns rascunhos, estava me antecipando para a empreitada de sentar e escrever. Quando pedia para ver minhas anotações, eu desconversava. Era inevitável que uma hora ele ia explodir:

— Caramba! Você vai ou não vai me deixar ler os seus rascunhos?

— Que rascunhos? — eu reagi com ar distraído. Quanto mais baixo era meu tom de voz, mais alto ele replicava.

— Como assim? Que rascunhos? Eu sei que você tá escrevendo o livro.

— Sabe?

— Sei! Tua mãe me falou!

— Minha mãe não sabe de nada.

— Ela me contou que você tem um diabinho no seu quarto.

— Diabinho? Velho, que merda é essa? E faz quase um mês que minha mãe não vem em casa.

Muito nervoso, mas sem demonstrar, fiz uma anotação mental para falar com dona Sinara e dizer, em primeiro lugar, que ela devia parar de falar com Aloísio de uma vez por todas e, em segundo lugar, era para ela tirar da cabeça essa história de livro e de demônio.

Tudo isso que estou contando, essas discussões bobas, aconteciam no botequim do Edinilson ou no escritório dele. Eu não tinha coragem de subir com Aloísio para o meu apartamento. Ele ia querer mexer nas minhas coisas, ver Azazel, ler papéis e esculhambar minha vida.

Acontece que, passado sei lá quanto tempo dessas cinco semanas, eu já não conseguia segurar a fera. Abri o jogo com ele. Suspirei fundo e soltei a bomba:

— Aloísio, você está certo. Eu estou escrevendo um livro.

— A-ha! Deixa eu ver!

— Não. Eu quero terminar antes.

— Porra, Geraldo. Você me conhece há quanto tempo? Dez, doze anos? Não sabe que uma resposta dessas não vai ser suficiente?

— Vai ter que servir dessa vez.

— O pessoal da editora está pressionando, Geraldo. Não posso deixar eles esperando por tanto tempo. Você oficialmente nem deu resposta ainda. Nem sequer depositou o cheque de adiantamento.

O que ele dizia era verdade. Na primeira semana de trabalho não tinha tido tempo para isso. Na segunda, me vi de frente com um pequeno demônio dentro de uma garrafa, ao lado do meu computador.

E algo me dizia que era possível — até mesmo provável — que tivesse que devolver esse dinheiro em algum ponto. Fiquei sem coragem de depositar o cheque e, efetivamente, acabei por esquecê-lo na gaveta. Seu Anastácio e a bosta de ética de trabalho que ele cagou dentro da minha cabeça. Não é à toa que nós somos uma manada de fodidos.

— Me dê três semanas — pedi.

— Duas.

— Mais três semanas, Aloísio. Caralho, é a porra de um livro inteiro!

Essa conversa aconteceu quando eu já estava há duas semanas escrevendo sem parar. Mais três semanas e eu ficaria louco se o rascunho já não estivesse pronto. Até lá tinha que estar terminado.

— Tá, Geraldo. Três semanas. Mas vê se me traz alguma coisa apresentável.

Isso aconteceu três semanas atrás. E por essas três semanas, ao contrário do prometido, Aloísio não me deixou em paz e me pentelhou pra caralho pra que eu o deixasse ler a porra do rascunho. Ele tentou entrar no meu quarto e conhecer Azazel. Não deixei. Sei que Aloísio é fraco dos nervos e ia ficar perturbado de ver um bicho que se parece com um gato posto no micro-ondas, dentro de um garrafão de vidro, falando barbaridades filosóficas e verdades literárias. Nem eu, que já estava acostumado, conseguia aguentar Azazel por muito tempo.

» » »

E assim passei essas semanas de medo e fúria no meu quarto.

E agora, sentado na minha cama, um copo e uma garrafa de uísque nas mãos, numa segunda-feira sem vento, Azazel sorria pra mim com um olhar quase de pena. Quase. Era certo que ele estava se divertindo ao me ver em conflito. Era evidente que ele tinha razão no seu diagnóstico. Já fazia dois dias que tudo que conseguia fazer era ler e reler meu texto, mudando vírgulas, alternando próclises por ênclises, substituindo conjunções adverbiais e adjetivos. Mas a verdade é que já não tinha mais desculpas, nem sequer pra mim mesmo, para acrescentar uma frase nova sequer. O livro estava terminado. E eu não tinha muita certeza do que fazer com essa informação.

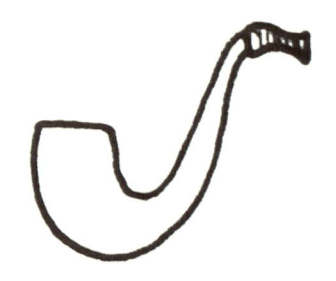

CAPÍTULO 10

Ainda que certo em seu diagnóstico, Azazel não estava sendo preciso. Não era *só* por causa do fim do livro que eu estava apoplético há dois dias e, naquele momento, sentado com uma garrafa de uísque na mão e um copo vazio na outra.

Na sexta-feira passada, com dúvidas a respeito de algumas partes do livro, decidi imprimi-lo e tentar organizar meus pensamentos, debruçado sobre uma cópia física. Vai que encontro alguma coisa no papel que me passou despercebida na tela.

Desci as escadas com os arquivos num pen-drive e cheguei no xerox. Rosa não estava lá. Deixei os arquivos com outro funcionário e combinei de buscar no fim da tarde. Voltei lá em torno das seis. Não tinha ninguém ali além de Rosa, sentada numa cadeira no fundo, entre duas das máquinas de xerox, lendo meu livro. Estava com uma feição entretida, um pouco curiosa, outro pouco pensativa. Mais ou menos como se estivesse vendo o último capítulo de uma novela e já tivesse adivinhado o final que sabia ser bobo.

Ela me viu de relance e, sem nem olhar para mim, estendeu apenas um dedo, dando a entender que só precisava de mais um minuto e logo viria falar comigo.

Eu me sentia enganado e curioso. Não era para ela estar lendo o material de um cliente. Mas, agora que já havia lido, queria saber o que tinha achado.

Levou bem mais de um minuto. Foram quase dez minutos em que ainda tive tempo de ir até o Edinilson e tomar outro café.

Por fim, ela terminou de ler. Sorriu pra mim, passou por uma das portas e depois voltou com os originais organizados dentro de uma pasta plástica.

— A pasta é cortesia da casa pra compensar a sua espera.
— Gostou?
— Olha, até que gostei, viu?
— Gostou... E?
Ela fez uma cara de quem tinha gostado, mas com ressalvas.
— Hummm... Eu não sei, Geraldo. Não sei. Vou ter que pensar, e te digo depois.

Fiquei desapontado por não ter uma resposta na hora. Pelo menos, calculei que ela estava sendo franca. Guardei a pasta dentro de uma mochila velha que tinha comigo, paguei o serviço e fui saindo. Já ia me despedindo quando ela falou:

— Ó, daqui a pouco saio do serviço. Eu e umas amigas vamos nos encontrar pra beber alguma coisa. Você quer vir com a gente?

— Pode… pode ser… Tá, beleza.

Juro por Lúcifer que eu não fazia a menor ideia de que diabos de resposta era aquele "beleza". Na boa, não sou muito de beber. Como já ficou bem estabelecido, também não gosto de sair. Certamente não gosto de sair para beber. Muito menos com gente. Menos ainda com gente que não conheço.

Voltei para casa pensando por que raios aceitei o convite, suspeitando que a minha reação talvez tivesse vindo do tempo que passei comigo mesmo e com Azazel, dentro de casa, mergulhado nesse enorme cocô de escrever autoajuda. Talvez fosse o próprio conteúdo do que escrevi que havia embotado meu cérebro. Ou talvez fosse o medo de ter que finalmente entregar o projeto. Um medo que já crescia e eu ainda não tinha notado. Talvez fosse o sorriso de lábios finos da Rosa, de quem eu queria não gostar, mas acho que gostava, e toda aquela coisa freudiana junguiana nietzschiana de querer se destruir, casar com o pai, virar barata e matar Deus.

O lugar aonde a gente foi estava na borda do meu tolerável geográfico, logo desse lado de cá da avenida. Atendimento porco. Eu rodeado de gente estranha e uma inqualificável música ao vivo.

— Esse aqui é o Geraldo.

— Prazer, prazer. Olá, como vai?

Rosa me apresentou às amigas, mas esqueci de todos os nomes. Elas se tratavam pela primeira sílaba: Fê, Lá e Má — e assim ficaram sendo. Pra mim, era mais fácil. Já não tinham personalidade própria. Eram só um amontoado de letrinhas que pareciam notas musicais de uma escala esquisita. Brinquei de tocar xilofone com a garrafa de cerveja na cabeça delas na minha imaginação, mais tarde, quando já ia ficando meio alto.

Me sentei com elas, com aquela pontada de arrependimento de ter aceitado o convite, acenei para o garçom, pedi uma cerveja pra mim e uma tábua de frios para a galera. Me acomodei na cadeira de madeira desconfortável da melhor maneira que pude e fiquei ouvindo a conversa das garotas.

Recapitulando, mais ou menos: Fê e Lá trabalhavam juntas num escritório de advocacia ali na avenida. Má foi colega de escola da Fê e da Rosa. Ou era o contrário? Tanto faz. Risinhos e cochichos a respeito do acompanhante da Rosa? Não vi nem ouvi. Aliás, fiquei decepcionado. Eu esperava ter visto pelo menos alguns olhares cúmplices e maliciosos de "opa!", mas não teve nada. Como se Rosa sempre tivesse trazido alguém para esses encontros, ou como se eu já fosse um velho cliente do bar. Por mim, estava cagando para o que alguém achasse ou deixasse de achar do que se passava na minha vida. Mentira. Ou alguém no mundo acha que me tornei esse bunda-mole completo com uma autoconfiança assim tão subdesenvolvida? Claro que eu estava nervoso e queria que o mundo todo me achasse o máximo. Aliás, tão bonzão, mas tão pica das galáxias, que nem voluntariava nada a meu respeito, ficando quieto e misterioso no meu canto. Só faltaram os óculos escuros e a piteira de marfim.

Eu me mortificava com a ideia de que aquela saída podia ser um big deal para Rosa. Tentei sacar qual era a dela para decidir o nível de comprometimento que eu deveria ter. Decidi ter comprometimento nenhum e me acalmar.

Tentei encontrar uma posição menos ruim para sentar, mas aquele não era o meu lugar, e a minha bunda parecia saber disso. Olhei ao meu redor, no interior do bar escuro, tentando achar em algum canto a resposta de por que caralhos era tão difícil relaxar. Tinha uma horda de gente barulhenta com a metade da minha idade, e gente da minha idade fazendo ainda mais barulho para tentar se passar por descolada. Em duas ou três mesas reconheci meu nervosismo ansioso entre casais que mal se conheciam e tentavam encontrar uma maneira de fugir ou de impressionar o parceiro. Esse estudo da interação entre os outros sofrentes era uma forma de escapismo quase nobre. Eu atribuía à outra mesa o meu próprio desconforto.

Em algum momento no começo da noite decidi finalmente que bancar o ermitão não ia me levar a lugar nenhum, nem à fuga, nem a impressionar ninguém, nem a ser dispensado. Chutei o balde e mandei o bom senso pra casa do caralho. Pedi um *white russian* e voltei a prestar a atenção na conversa das moças. Aos poucos, comecei a desenhar um esboço de quem era quem.

Uma delas era auxiliar de advogado. Ela queria estudar Direito e estava se preparando para o vestibular. A outra tinha começado a estudar Enfermagem. Sua mãe adoeceu e ela teve que trancar a faculdade, mas em algum momento no futuro queria voltar a estudar.

— E você, Geraldo? — me perguntou Má. Ou teria sido Fê?

Eu crio demônios dentro de garrafões, queria ter respondido. Sabia que meu demônio faz a própria bebida? Ele arranca as larvinhas que cria dentro da própria orelha, esmaga elas vivas, bota elas entre os dedos do pé e deixa elas fermentarem. Mas sou um cagão, convencional até quando bêbado.

— Eu faço traduções e edito trabalhos acadêmicos.

— Geraldo escreveu um livro — disse Rosa, com um sorriso maroto.

— É mesmo, Geraldo? Sobre o quê?

Rosa, então, fazendo charme, me perguntou:

— Sobre o que é mesmo o seu livro, hein, Geraldo?

A-ha! Garota esperta. Eu, posando de oitava-maravilha-lê-as-porras--todas-em-alemão como se entendesse tudo de qualquer coisa porque sou inteligente pra caralho, e ela, imagine, a operadora-do-xerox-não-que--isso-me-importe, me botou numa cilada, porque entendeu direitinho que esse assunto me constrange terrivelmente e quis me provocar. Me fodi, e fiquei babando por ela com essa jogada. Pouca gente me chamou de babaca de um modo tão eloquente como ela o fez naquele momento.

Eu ia responder, mas não sabia mais sobre o que estava escrevendo. Acho que era sobre a relação patológica entre um tradutor calado e seu pequeno demônio e a falta de jeito de se entender com o resto das pessoas no mundo.

— Era para ser autoajuda. Meu editor ainda vai decidir em que categoria o livro entra.

— Bacana! — disse Lá. — Eu curto autoajuda.

— Tem bastante coisa que eu li e, sei lá, não mudou a minha vida mas me fez pensar, sabe? Sou muito ligada nessas coisas. — Fê me olhou de um jeito misterioso e fez um gesto com a mão, como se estivesse espalhando pó do pirlimpimpim sobre a mesa. — Essas coisas da mente... do espírito... Você manja disso, é?

Manjo porra nenhuma.

— Um pouco, eu acho...

— Vou querer ler, hein?

— Como é que você virou escritor? — perguntou Má.

Eu não sabia a resposta. Inventei um currículo parecido com o meu, que incluía alguma historinha que não envolvia nenhum demônio, nenhum Aloísio, nenhum coelho.

Bebidas diversas seguiam aterrissando na nossa mesa sem muito controle ou critério. Me abstraí. Parei de prestar atenção nos meus pensamentos e fiquei só com o papo das meninas. Elas, a cada gole que davam, pareciam falar mais alto e sobre assuntos cada vez mais aleatórios. Meu livro e a reação que ele estava suscitando foram deixados de lado.

Em algum momento irrecuperável da noite, bem depois do meu quarto *white russian*, saímos das profundezas do bar e emergimos na cidade fria. Nós cinco estávamos conversando e andando pela rua vazia na mesma direção, até que, uma a uma, as amigas de Rosa foram se separando e se despedindo do grupo com beijinhos no rosto com um "foi um prazer", seguindo seus caminhos. Eu estava indo para minha casa. Aparentemente, e sem se convidar, Rosa também.

Eu caminhava ao lado dela com as mãos nos bolsos, acompanhando o ritmo em que ela andava, às vezes rápido, dando pulinhos, às vezes andando de costas, na minha frente, olhando pra mim. Estava frio. Caiu bastante a temperatura enquanto estávamos no bar, e eu estava sem casaco.

Eu pensava na minha situação ali, no que ia acontecer naquela noite, como ia acontecer e como ia acabar. Ao contrário de Rosa, que parecia perfeitamente à vontade.

— Você é Virgem mesmo?

— Acho que não entendo muito desse assunto, não.

— É que agora eu estou achando que você é Libra — ela disse pra mim, me examinando com um olho fechado e fazendo cara pensativa. — Hum... Seja o que for, você deve ter Saturno forte no seu mapa.

— Deve ser isso...

— Já sei! Eu podia fazer o seu mapa! — ela disse, dando uns pulinhos, e então pegou a minha mão.

— Meu mapa?

— Seu mapa astral! Você sabe a que horas você nasceu?

— Não. Precisa?

— Precisa o quê? Saber o horário? Mais ou menos, mas a gente dá um jeito.

— Não, não. Eu preciso fazer um mapa astral?

— Ah... Para de ser chato... Vai ser divertido! — Ela me puxou pela mão, dando uns trotinhos de garota feliz. Foi mais ou menos por aí que comecei a entender que quem estava sendo enganado era eu. Até aquele momento, achei que ela estava indo atrás de mim, para a minha casa, mas era o contrário. Era ela quem estava me puxando para a casa dela, que, logo vi, era ali perto. Eu, um pouco bêbado, um pouco surpreso e ligeiramente encabulado, me deixei ir.

Ofegante pela leve corrida que ela me fez dar, paramos para respirar duas quadras depois, em frente ao edifício do apartamento dela, que ficava não muito longe do meu. Sorrindo sem graça um para o outro, nos beijamos, encostados numa das paredes da escadaria. Nem ela me puxou, nem eu a puxei. Foi como que combinado e durou um longo tempo. Até eu perder o fôlego de novo.

Quase parei tudo para fazer uma piada de que eu estava gostando dessa história de fazer mapa astral, mas me contive. Porque a piada era ruim, porque era uma piada de tiozão, e eu não tinha esquecido da nossa diferença de idade. Não precisava piorar as coisas fazendo gracinhas. E também porque eu tinha perdido o fôlego mesmo. Mas, principalmente, porque era *cheesy*. Coisas meladas, inclusive xarope de groselha e metáforas românticas, me deixavam brocha.

Ela manteve um sorriso maroto nos lábios e me puxou para dentro do elevador.

A luz fluorescente do elevador coberto de chapas metálicas dava um tom esverdeado à pele dela, sombras azuladas de ângulos esquisitos deformavam seu rosto oval bonito. Uns reflexos bizarros no cabelo liso dela. Uma pequena espinha coberta pela maquiagem me incomodava mais do que merecia. Ela tinha olhos castanho-escuros, de um marrom puro, sem manchas. Eu seguia a linha das pálpebras, reparando na pele lisa perto dos olhos, nos pequenos pontos em que a aplicação do rímel falhou em seus cílios. Achei que passear pelo rosto dela ia me distrair, mas só me fez encontrar feiura onde não existia. Fechei os olhos e fingi que não havia o que ouvir do meu cérebro frenético, mas o cheiro do perfume dela não me deixava.

Quando a porta do elevador se abriu, Rosa me guiou pelo corredor mal iluminado e paramos em frente à porta da casa dela. Ela parou para procurar as chaves. Mexeu na bolsa com destreza e abriu a porta sem nem ao menos tremer as mãos. Estava preocupado com ela estar bêbada demais, mas percebi que os olhos turvos dela tinham outro significado. Aceitei que quem estava um tanto bêbado era eu, mas meio que torcendo para não ser apenas eu, porque, além de bêbado, eu estava nervoso pra caralho.

Rosa morava com a mãe num pequeno apartamento. Ela havia me contado que a mãe estava viajando durante o fim de semana e a casa, afora dois gatos, estava vazia.

— Você não tem problemas com gatos, tem?

— Eles arranham?

— Você quer que eu responda "Não tanto quanto eu", mas é mentira. — Ela riu. — Eu tenho alergia. Minha mãe inventou esses gatos quando saí de casa. Agora estou aqui até… resolver umas coisas… Ela arrumou esses dois bichos nesse meio-tempo. Tô sempre de nariz entupido.

O apartamento estava numa penumbra fantasmagórica. Rosa não acendeu a luz. A claridade da rua, dos outros edifícios e da iluminação pública entrava pela janela da sala que não tinha cortina. Isso seria suficiente.

Talvez se ela fosse maior, mais velha, ou outro tipo de pessoa, ela teria me jogado no sofá. Mas, em vez disso, com gestos delicados, me puxou para cairmos juntos nas almofadas, onde continuamos nos beijando.

Eu estava com frio, mas suava muito nos pés e nas mãos. O contato com o corpo dela era mais úmido do que quente.

Respiração pesada, alguns gemidos roucos, uma buzina pela cidade e os carros passando na rua lá embaixo. As molas do sofá de veludo velho e o som dos nossos beijos. Era tudo que eu sabia entre aquelas almofadas de rendinha e o encosto do sofá.

Ela me empurrou com delicadeza e sentou-se.

— Já volto.

Se levantou e foi até o corredor.

Tomei meu tempo para poder olhar melhor para ela, de longe. Naquele instante me dei conta de que só a vira de perto, muito perto, ou de perfil, com boa parte do corpo escondida atrás do balcão do xerox.

Assim, desse jeito, de costas, com uma calça justa e sem sapato (quando foi que ela tirou os sapatos?), camiseta larga e cabelo solto, talvez tenha sido a primeira vez. Tinha um corpo bonito, elástico, delicado.

Tirei os sapatos e as meias e massageei meus pés para amenizar a sensação de frio úmido que eu sentia. Meus pés não estavam nem frios nem suados, como eu tinha suposto. Relaxei as pernas e me estiquei no sofá, sem conseguir me acomodar direito.

A sala tinha cheiro de limpeza. Eu mantinha meu apartamento sempre asseado. Mas, por ser um espaço vazio, velho e mal ventilado, costumava ter cheiro de pó e de reboco úmido. Aqui, nem esse sofá todo peludo soltava pó.

Eu já não lembrava como era uma casa de verdade, com algo além de Tupperware de comida congelada e garrafa PET cheia d'água na geladeira. O tapete no chão onde eu massageava meus pés era felpudo e macio. Tinha uns quadros nas paredes. Sob a luz que vinha da janela, não sabia dizer se eram feios ou bonitos. Tudo parecia estranho sob essa luz. Alguns porta-retratos com rostos sorridentes sobre os móveis, bibelôs e ornamentos que me tiravam a concentração, e, de forma gloriosamente imprópria, naquela hora só me ocorreu pensar em como eu os limparia se eles morassem na minha casa.

Não era muito trivial descobrir em que ponto terminavam as coisas da mãe de Rosa e começavam as dela. Quero dizer: se Rosa saísse da casa, quais desses objetos ela levaria com ela?

Não havia livros. Não ali, pelo menos. Só algumas revistas embaixo de uma mesa de centro. Rosa estava demorando, me segurei para não levantar e observar mais de perto as fotos que estavam sobre o móvel e a cristaleira mais ao canto. Eram várias fotos de família, outras do casamento de alguém. Um tédio familiar e cotidiano. Fechei os olhos e tentei relaxar.

Rosa apareceu em seguida com os cabelos soltos, a camisa também, agora quase até o meio das coxas. Ela estava sem calça e só Deus sabia o que mais estava deixando de usar.

» » »

Na segunda-feira, estava eu ali sentado na minha cama, olhando para o meu demônio, fingindo que não me importava tanto assim de ter acabado de escrever essa bosta de livro, fingindo também que não me importava com o que a Rosa disse a respeito dele quando perguntei de novo.

Eu estava indeciso, não sabia como me sentir a respeito dela e dessa situação. Me sentia indeciso agora tanto quanto antes, quando estávamos na casa dela, na sexta- feira. Na hora abstraí, mas agora eu pensava no quanto Rosa complicava a minha já complicada cabeça, e se talvez eu tivesse cometido um erro. Eu não conseguia apontar o dedo para uma direção clara, para qual seria o erro cometido. Era uma coisa nebulosa que me incomodava, provavelmente a fonte da minha tensão lá no bar.

Ainda naquela noite de sexta, voltamos a conversar sobre o meu livro. Isso aconteceu bem mais tarde, na alta madrugada. Nenhum de nós estava com sono. O quarto dela tinha uma decoração juvenil, porém discreta. Armário, escrivaninha, as marcas de adesivos antigos nas portas, algumas almofadas, poucos livros e cadernos enfileirados numa estante. Havia uma cama pequena, coberta por um edredom grosso e fofo sobre o qual estávamos estirados, cansados, suados e satisfeitos.

Rosa se levantou da cama e voltou uns minutos depois, trazendo dois copos de suco de graviola e um baralho de tarô. Ao entrar no quarto, deixou os copos sobre uma mesa de cabeceira e se espreguiçou ao meu lado, flexível, suave, coberta apenas pela blusa que ainda usava, aberta. Tinha uma enorme cicatriz no lado de fora da coxa direita, que começava logo acima do quadril e se desenhava até acima do joelho. Não me incomodou nem um pouco, não perguntei nada a respeito, e ela não se voluntariou a dizer nada. Parecia algo muito antigo, tanto pela cor da cicatriz quanto pela naturalidade com que ela a exibia.

Rosa sorriu como se estivesse prestes a fazer uma molecagem, mordendo o lábio inferior, e sentou-se com as pernas cruzadas na minha frente. Me deu um copo e pegou o outro para si, virando a bebida de uma vez só. Pegou o maço de cartas e largou-o na minha frente.

— Tó. Corta o baralho.

Nem me dei ao trabalho de protestar. Tirei umas cartas de cima do bolo e devolvi para ela. Ela juntou os dois maços e começou a abrir um leque com as cartas.

— Você ainda não disse o que achou do meu livro.

— Eu já disse. Gostei.

— Mas ficou de comentar algo mais.

— É.

— E então?

Ela me entregou o leque para eu escolher uma carta, sem dizer nada. Escolhi uma, depois outra e mais uma terceira. Ela ia ordenando as cartas que eu escolhia em cima da cama, virando uma a uma com a face para cima.

— Hummm… — Ela mordia o lábio. — O enforcado.

— Enforcado? Mas ele tá pendurado pelo pé.

— É o nome da carta.

— Enfim, e o livro?

— Achei triste.

— Triste?

— A-hã. Quer dizer, não o livro. O livro é legal, até gostei. Mas achei você triste. Você deve ter o ascendente em Escorpião. Algo assim, muito misterioso. Você já tinha me dito que não acredita em nada… E que também acha que a vida é uma coisa sem propósito. Tira outra carta.

Tirei outra carta.

— Os enamorados! Que interessante…

— O que você quer dizer?

— Assim, tipo, o jeito como você escreve dá a entender que você vê a vida e o mundo como uma coisa casual, um acidente, um negócio sem propósito nenhum.

— Você quer dizer… um propósito intrínseco, um propósito em si mesmo? Eu realmente não acredito. Mas você acredita, pelo jeito.

— Claro! Tudo tem um propósito. Outra carta.

Tirei outra carta. Saiu um homem de capuz, cara de sério, segurando uma lamparina.

— Deixa eu adivinhar. Esse aí sou eu?

— Você? O Eremita? Não. — Ela riu. — Você é o Mago.

— Tudo tem um propósito?

— Tudo. Tudo tem um propósito!

— Um gato morto tem propósito?

— Claro! Alimentar as larvas.

— Peraí, mas isso não é tecnicamente um propósito. É uma consequência de ele estar morto.

Ela pediu para eu tirar novamente uma carta. Tirei, e dessa vez nem olhei. Ela fez uma expressão intrigada e me respondeu:

— Não do ponto de vista das larvas. Para elas, esse é o propósito de o gato estar morto.

— Mas com certeza este não é o propósito do gato, do ponto de vista dele. Sem dúvida não quando estava vivo.

— Pois é, né? Mas, quando ele estava vivo, esse não era o propósito dele... — ela disse, tirando outra carta e colocando-a em ordem junto com as outras. — Só que ele não está mais vivo, portanto ele não tem mais ponto de vista nenhum.

— Tá, entendi. Ok, você venceu. E qual é o propósito das larvas, então?

— Ué? Crescer e virar mosca. E depois servir de alimento para sapos e passarinhos.

— E os passarinhos?

— Servir de caça para gatos. — Ela começou a rir. Tinha um sorriso bonito com dentes perfeitamente retos e brancos.

— Tá. Me rendo. E qual é o seu propósito?

— Agora, neste instante, meu propósito é fazer você entender que você também tem um propósito.

— E qual é o meu propósito?

— O seu propósito é servir de exemplo de como levar uma vida sem propósito nenhum.

CAPÍTULO II

Aloísio estava pálido, suando, com respiração curta e rápida. Ele pendia numa postura estranha, sentado em um banquinho na minha cozinha, olhando para o chão, coçando a cabeça, todo torto — como sempre —, sem coragem de olhar pra mim. A gente não tinha se falado desde que entreguei o livro. Entreguei, não. Mandei por e-mail, sem nenhuma nota, aviso ou comentário extra. Nem assunto o e-mail tinha. Depois disso, foram três dias durante os quais evitei falar com ele ou qualquer outro ser humano. Eu não atendia às ligações, só saía para tomar café e comer porcaria no Edinilson. Sem outro jeito, ele teve que vir até a minha casa para me confrontar. E agora ali estava, coçando muito o olho direito com o mindinho e franzindo o nariz enquanto pensava no que ia falar.

Estava tentando dizer alguma coisa. Mas, por uns três minutos, o que saiu da boca dele foram interjeições e onomatopeias sem sentido. Até que ele conseguiu botar duas palavras inteiras para fora, e disse:

— Cara… Putz…

Eu não tinha nenhuma intenção de facilitar pra ele.

— Que é que isso quer dizer?

— Olha, cara, quer dizer que, putz… Sei lá. Li o seu bagulho aí. Mas aí fica complicado, entende?

— Não.

Eu entendia muito bem. Já tinha entendido muito antes de começar a escrever aquela bosta de livro. Aliás, eu nem tinha descontado o tal do cheque de adiantamento justamente porque já tinha entendido, mas resolvi não falar nada. Ainda queria ouvir o que ele tinha a dizer. E fritar o Aloísio era sempre divertido. Mesmo — ou especialmente — quando o fodido da história era eu.

— Tá, deixa eu te explicar, então — disse Aloísio enquanto olhava pela janela, com a mão espalmada no ar em meio a uma gesticulação que nunca continuava. Talvez ele quisesse encontrar alguma maneira de dizer que estava puto comigo. — Diz pra mim… Por que alguém lê um livro de autoajuda? Pra quê? O que ele quer? Ele quer ajuda, entendeu? Auto. Ajuda — disse, fazendo um gesto com a mão e outro com a cabeça para separar as duas partes, o "auto" e o "ajuda". — Ajudar a si mesmo, entendeu? Aí você dá o seu livro pra pessoa. O cara já tá numa vibe ruim, tão ruim que saiu pra comprar esse troço. Daí o cara chega em casa, abre o tal do livro, o negócio deixa ele pra baixo, numa fossa histórica, e decide que nem vale a pena viver. Entendeu? E no dia seguinte... — Aloísio ia subindo a voz. — No dia seguinte, sai a notícia no jornal, entendeu? Sai no jornal assim: Fulano de Tal pulou da janela do segundo andar do prédio dele por causa de um suposto livro de autoajuda. Entendeu? — Ele terminou o discurso gritando.

— Você tá sendo dramático. Ninguém pula de uma janela do segundo andar.

— Pula, sim, Geraldo! Pula, porque o cara tá tão infeliz, mas tão infeliz, que ele decide que morrer de primeira é uma heresia pra essa tristeza toda, e decide se esborrachar todo, passar meses no hospital e morrer de infecção hospitalar depois de ter arruinado a vida. Entendeu?

— Você tá querendo dizer que não gostou do livro...

— Cara, o que tem a ver se eu gostei ou não? — Ele parecia angustiado. — Não tem nada a ver comigo. O que eu quero entender é: como é que você acha que esse negócio vai vender? Quem é que vai querer comprar?

— É o melhor livro de autoajuda do mundo. Por que não iriam comprar?

— Porque é a coisa mais deprimente que já aconteceu no mundo depois da invenção do café descafeinado. Geraldo! E a minha cara? Como é que fica a minha cara de apresentar o seu livro pra editora?

Eu estava imperturbável.

— Manda pra eles, diz que eu acho o livro tão bom que aceito desistir do adiantamento pra ficar só com uma porcentagem.

— Geraldo, você está doente. Doente, entendeu? Eles nunca vão publicar esse negócio. Até o papel onde ele for impresso vai querer se matar de depressão.

— Bem, pra certas pessoas, não deixa de ser uma boa autoajuda, não?

— Você não está me levando a sério, né?

— Eu tô, só não me importo. Tá aqui o livro. Façam o que quiserem com ele e me deixem em paz.

Eu estava começando a me cansar da discussão. Aloísio provavelmente estava bem mais desapontado do que qualquer um estaria, na editora ou fora dela.

Eu já tinha visto essa história várias vezes: o papo furado que Aloísio usava para vender as ideias dele era o mesmo nas duas pontas. A ponta de cá: o retardado que ia escrever essa bosta de livro. A ponta de lá: a editora que supostamente ia transformar bosta em ouro. Então eu mais ou menos sabia o que o lado de lá tinha ouvido. Se conhecessem bem Aloísio, iam juntar tudo o que ele tinha prometido para concluir que o que ele estava vendendo era um estrume superdimensionado. O cheque caralhudo ficou por conta das dimensões do tamanho da bosta que Aloísio pintou pra eles.

— Livraço! Já estou até vendo! — Ele deixava escapar, vez ou outra, enquanto eu ainda estava escrevendo. — Você estudou Filosofia, né? Joga umas citações aí. Faz aquela coisa de "conhecimentos milenares" que se espelham em cientista tal e tal. Que Einstein sabia da verdade do Universo, e que Nietzsche também. Ou um outro alemão. Prussiano! Ou melhor, um súdito do Império Austro-Húngaro.

Ele deve ter dito mais ou menos a mesma coisa lá do outro lado, o da editora.

E daí é que veio o desapontamento dele, com base nessa fantasia de que eu escreveria uma mina de dinheiro, que meu texto seria tão cheio de clichês, tão convencional que eu seria elevado à posição de Deus e meu livro venderia feito pão quente. Mas não foi nada disso que Aloísio encontrou quando leu o que escrevi.

Não tinha nenhum alemão, nenhum Einstein. Tinha um Azhur, que eu inventei, que nem romeno era porque não existia Romênia, e que tinha um altar camadas e camadas geológicas debaixo de um minimercado numa minúscula cidade do interior, e que nem corpo tinha, porque eu sequer me dignei a dar ao meu guerreiro inventado uma tumba.

Aloísio demorou até vir falar comigo, depois de eu ter finalmente mandado os originais. A reação dele, em geral tão espontânea, me intrigou no começo, mas logo entendi que ele estava apoplético. Chegou na minha casa me tratando como se eu estivesse muito doente. Aproveitei para me redimir e não levar a sério nada do que ele reivindicava. Eu era inocente.

— Você não é inocente, não, Geraldo. Não foi por acaso que saiu um negócio doentio desses. Você fez isso de propósito! Foi pra me sacanear!

— Escrevi a porra do livro, não foi? E ainda nem peguei o cheque. Me deixa em paz!

— Que é que eu vou dizer pra editora?

— Diz que eu virei budista. Diz pra eles enfiarem o livro no cu. Diz pra eles publicarem. Diz pra eles o que você quiser.

Aloísio me conhecia. O fato de eu ter paciência com ele era o resultado de um acordo não escrito entre cavalheiros em que ele, de sua parte, tinha que ter paciência comigo também. O que, admito, não era tarefa simples. Aloísio teve que aguentar o *Dragão resfriado* e *A história do coelho Coelho Coelho*, nos primórdios da era dos livros infantis que escrevi, até surgir o *Jabuti de chapéu*, com o qual ele finalmente ganhou dinheiro como editor e agente. Ele sabia que eu não ia mudar de ideia a respeito do livro que eu tinha acabado de escrever, e sabia também que havia uma pequena chance de eu estar apenas aquecendo os motores e me preparando para escrever algo mais ao gosto dele — ou melhor, ao gosto do público. Ou melhor ainda: até que eu escrevesse algo que ele supunha ser o gosto do público dele. Se não agora, em um futuro próximo.

Eu sabia de todas essas variáveis, por isso me sentia confortável para mandar ele tomar no cu e fazer cara de paisagem. Ele ia esquecer todo o incidente e apareceria na minha casa daqui a duas ou três semanas com uma ideia genial que nos deixaria ricos. Com isso, eu ia, ou não, voltar a dedicar meu tempo livre a uma literatura que eu respeitava cada vez menos. Daí, quando eu estivesse no limite do completo desprezo, sairia da minha cabeça uma obra-prima da literatura comercial. Uma bosta tão fácil de ler que poderia ser engolida sem água; poderia ser enfiada na bunda, em formato inteiro, sem enrolar e sem vaselina. Eu ia botar um pseudônimo na capa, por vergonha ou tino comercial, e ia juntar minha graninha de direitos autorais e uns centavos a mais para minha aposentadoria (que, quanto mais Aloísio me pentelhava, mais rápido se aproximava). Esse era o plano dele, que ele fez ser o meu também, sem o meu consentimento.

Aquele diálogo que se desenrolava na minha cozinha era um teatro que ele fazia para si mesmo, porque ele não ia poder ficar sem reclamar e me espezinhar um pouco. Era como se ele tivesse reconhecido a música que estava tocando no salão de baile, concordando comigo que dava valsa e tivesse me puxado para dançar. Eu mandando ele se foder era eu fazendo doce, como uma singela e casta dama, antes de aceitar a dança.

Aloísio sacudia a cabeça devagar, numa lenta negação da realidade, olhando para a janela da área de serviço, a parede encardida do prédio vizinho. Ele apoiou o queixo na palma da mão, o cotovelo na mesa da cozinha, e ficou remoendo os próprios pensamentos. Tinha que decidir agora quão bravo estava comigo. A linha tênue de estar bravo o suficiente para demonstrar ofensa, mas não tanto a ponto que eu não fosse colaborar com ele depois. Eu, tranquilo, via na sua cara esse conflito. Já tinha visto essa cara antes, e essa valsa a gente já dançou dezenas de vezes juntos.

— Quero ver o diabinho.

Eu, que já esperava por isso também, segui com o protocolo para casos como esse: negar.

— Que diabinho?

— O diabinho. Onde está? No seu quarto?

— Não tem diabinho nenhum.

— Tá no seu quarto, né?

— Eu não tenho ideia do que você tá falando.

— Tem que estar no seu quarto.

— Não tem nada no meu quarto.

— Então por que você não me deixa entrar lá?

— Porque você é um puto, psicopata e louco, e eu não quero você dentro do meu quarto.

— Eu quero ver.

Ele se levantou e foi indo com sua altura toda curvada sobre as costas tortas. Fiquei na cozinha vendo ele se afastar. Foda-se. O livro estava pronto mesmo. Eu não ia conseguir segurar a curiosidade de Aloísio para sempre. Por um lado, sim, quis ir atrás dele para ver sua cara ao encarar Azazel. Ver a cara do Azazel ao se deparar com Aloísio. Proteger meu sagrado refúgio do herético Aloísio e estar com ele para me certificar de que não tocaria em nada no meu quarto.

Desisti. Fiquei ali na cozinha mesmo, apenas imaginando a cena. A cena imaginada haveria de ser mais interessante do que a real.

Esperei algum som enquanto me distraía olhando pela janela.

Uma dona de casa punha uns lençóis para secar na área de serviço no prédio ao lado, uma operação desastrosa. Ela sacudiu o enorme lençol no ar para tirar as rugas do pano. Uma caixa foi chicoteada, e voou grampo de roupa pra tudo que era lado. Coitada... Tentou mais duas vezes, sem sucesso. Acabou desistindo. Resolveu pendurar o lençol. Pegou uma das pontas e puxou o pano entre as cordas do varal. O troço se enrugava de um jeito que parecia uma corda improvisada para fugir pela janela. Depois que a corda-lençol estava pendurada em um dos varais, a vizinha tentou desenrolar o bolo e puxar as pontas, só que a porra do lençol era muito maior que o varal. No fim, ela terminou a operação deixando o lençol do jeito que estava, embolado de qualquer forma, sobre uma das cordas. Sei lá... Foda-se... Achei uma metáfora para o meu processo criativo. Metáfora fraca, mas era o que eu tinha. Levantei e fui ver se o Aloísio ainda estava vivo.

Estava, para o meu desgosto. Mal me viu chegando. Ele estava quase na porta do quarto, olhando para minha mortadela falante com cabelo e dentes dentro de um garrafão de vidro. Quando me viu, Aloísio olhou para a porta da sala com uma cara perturbada e saiu da entrada do quarto.

— Vamos tomar um café.
— Tá tudo bem com você?
— Tá... Tá, sim... Vamos...

Olhei para Azazel. Ele parecia estar se divertindo. Fez um gesto de "não tenho nada a ver com isso aí". Fiz um gesto de "a gente conversa sobre isso depois", e descemos para o botequim.

Eu prometi pra ele que tudo ia ficar bem, e Aloísio fingiu que se importava com o que eu achava. Ele falou de assuntos sem consequência e não falei nada. Ele estava se aprontando para o meu próximo livro, normalizando a relação entre a gente e me massageando para dar o derradeiro bote de outra proposta literária desvairada. Ele foi para casa com cara de cu, mas, àquelas alturas, eu já sabia que estava fazendo cena.

Eu literalmente não sabia — nem queria saber — o que Aloísio tinha decidido fazer. Se mandou os meus originais para a editora, se jogou fora, se foi cortar o cabelo...

Voltei à minha vidinha e segui com as minhas traduções.

» » »

Dias estranhos se sucederam. Período de silêncio, paz e normalidade.

Meu pequeno diabinho virou um bibelô feio e falante. Às vezes eu o pegava conversando com Batman, às vezes com suas larvinhas, às vezes com o cacto. Quase tive pena dele, mas não tinha muito que fazer. O trabalho estava acabado. O livro já estava em outra mesa, ou em uma lata de lixo, e Azazel, fora do seu elemento diabólico, era uma sombra do que tinha sido poucos dias antes. Groselha e maus pensamentos, o amigo do Xaxim tinha me recomendado lá naquela loja onde eu o comprei. Agora eu só o alimentava de groselha. Maus pensamentos me faltavam.

Voltei a trabalhar com meus bons, fiéis e anônimos clientes que me mandavam, de vez em quando, uma tradução ou um texto mal escrito qualquer para ser recauchutado. Uma vez por mês, escrevia para a revista literária que Aloísio ainda teimava em publicar. Aloísio, aliás, voltou a me visitar a cada três, quatro dias, com medo de morrer e ser esquecido morto em seu apartamento. Descíamos para o bar do Edinilson e tomávamos o café que ele teimava em servir e a gente teimava em tomar. Não falávamos sobre livro algum.

Essa aparente paz não significa que não teve um novelão rolando na minha cabeça sobre outro assunto. Eu estava cheio de dúvidas existenciais e ansiedade, todas relacionadas a Rosa. Minha ignorância de como lidar com elas já vinha do momento em que saí do seu apartamento, naquela noite de tarô e todo o resto. Depois disso, passei alguns dias agoniado, calculando o que exatamente dizer a ela quando a encontrasse no xerox. Pensar nesse assunto me deixava nervoso porque estava claro que a única coisa plausível a ser feita era nunca mais falar com ela, o que significaria ter que mudar de apartamento. E eu não estava muito a fim de me mudar. Poucos dias depois que dormimos juntos, desci para tomar um café no Edinilson e a encontrei na calçada, no meu caminho.

Teve um oi que parecia o mesmo de sempre, e em seguida um convite que tinha a mesma pinta de inocente que a cara dela: "O que é que você faz na quarta? Vou sair com as meninas de novo, quer vir?".

Ela prometeu que dessa vez ia fazer meu mapa astral.

E foi embora, sem abraço, sem beijo nem nenhum comprometimento, como se fôssemos colegas de trabalho e tivéssemos acabado de marcar uma reunião.

Fiquei meio atônito. Meio meleca, meio mole e meio sem entender porra nenhuma de nada. Então quer dizer que eu não ia precisar me mudar?

O combinado ficou sendo este: Rosa e eu nos encontrávamos a cada uma ou duas semanas, sempre na casa dela. No dia a dia, seguíamos o protocolo habitual, flertando um com o outro quando o xerox estava vazio e estávamos aborrecidos, como se nunca tivéssemos dormido juntos e a vida fosse um eterno xaveco.

Rosa era filha de abacateiro, ou cultivava uma mãe de mentira, colecionando fotos de revista e colocando todas em porta-retratos. Ou então tinha algum motivo para me esconder dela. Nunca estava lá quando nos encontrávamos. "Está viajando", "Saiu para umas coisas." Que ela estaria viajando ou algo assim me parecia meio óbvio. Não achei que você fosse louca a ponto de esconder sua mãe na geladeira enquanto estamos aqui. Eu não ia dizer um negócio desses pra ela, mas me peguei mais de uma vez pensando nisso.

A casa dela começou a me parecer cada vez mais familiar. O cheiro de limpeza, os quadros na parede que agora tive tempo de examinar. Os porta-retratos sobre os móveis. Fotos da mãe — que pelo jeito existia, sim —, e não de um abacateiro. Fotos de uma irmã, igualzinha a Rosa, mas adolescente. Fotos de férias numa fazenda e uma da primeira comunhão.

Bosta… Então eu tinha uma namorada? Não fazia ideia de que tipo de relação era essa. Era mais complicado com ela do que com Érica, com quem eu também não sabia que relação tinha. Mas com Érica, ao menos, eu não me encontrava nunca, o que era uma vantagem. Do mesmo jeito que lido com Érica, lidei com Rosa, e não fiz nenhum movimento ou esforço para elucidar a situação. Segui vendo a Rosa no xerox como se não houvesse nada entre nós, e de vez em quando nos encontrávamos no apartamento escuro e perfumado onde ela morava com a mãe.

CAPÍTULO 12

Os primeiros e-mails surgiram pingados. Um, dois por semana. Coisa singela, de conteúdo simples e franco, dirigidos para a conta que a editora tinha criado para Doutor Rodolfo. "Obrigado pelo livro, Doutor" ou um "Obra insidiosa! Um horror!".

Que caralhos era aquilo?

— Ô, Aloísio, você entregou aquela bosta de livro pra editora?

— Entreguei.

— Mesmo achando uma merda?

— Fiz o que você mandou. Disse que você virou budista. *Namastê. Shalom Aleichem.*

— E... eles publicaram?

— Publicaram. Você não sabia?

— Mesmo sendo ruim que só a porra?

— Eu disse que você não descontou o cheque, e eles resolveram pagar para ver aonde essa história ia acabar. Tá te dando remorso?

— Eu não me arrependo de nada.

— Mentira! Você se arrepende de tudo que faz cinco minutos depois de fazer.

Cinco minutos depois me arrependi de ter conversado com Aloísio. Agora ia ficar parecendo que me importava. O que era verdade, mas não queria que ele soubesse disso.

Era o fim da picada que essa porra tenha sido publicada. Agora, que estivesse vendendo? Isso, sim, era um insulto.

Mais um e-mail. Associação de vendedores de qualquer coisa, não entendi de onde. "Doutor Rodolfo, nossas vendas dispararam depois do seu livro chegar ao nosso departamento. Muito obrigado..."

Essa trolha era um mistério. Mas ainda assim era um mistério contido dentro do erro estatístico. Porque, se um tanto de gente lesse, era possível que algum debiloide estivesse vendendo mais, mesmo que ter acabado de ler meu livro fosse só uma coincidência.

Até aí eu estava preocupado, mas ainda não chegava a angústia. Só que o número de e-mails começou a aumentar. E o conteúdo deles começou a me desassossegar. Uma, duas semanas depois, recebi isto:

Caro Doutor Rodolfo, Theía chairetismoús!

(Theía chairetismoús, saudações divinas, em grego — procurei depois na internet.)

Nós, do Perene Templo de Naru, gostaríamos de convidar tão ilustre autor para o primeiro encontro nacional dos Andarilhos do Pesadelo...

Como é que é? Perene Templo de Naru? Mas fui eu que inventei Naru! Eu inventei essa merda toda. Tirei Naru do meu cu, como todo o resto dessa merda de livro. Naru não existe!

A loucura prosseguia. Só naquela semana foram mais de vinte e-mails das mais diversas origens sobre esse tal de Perene Templo de Naru e os Andarilhos do Pesadelo.

Pesadelo? Certamente!

E não parou por aí. Eram grupos de ajuda me agradecendo, grupos de estudo me pedindo informações e até grupos de oração me pedindo bênção. Eram seminários, pessoas avulsas e grupos de diversos tamanhos escrevendo sobre essa pira de Naru e Deuses do Pesadelo. Deixava esse negócio acumular na minha caixa de entrada e lidava com aquilo mais ou menos como lidava com as chamadas não atendidas do meu telefone. Ignorava com bastante apreensão.

Eu achei que não tinha como ficar pior.

Era evidente que tinha.

Algumas semanas depois, começou a chegar outro tipo de e-mail.

Caro Doutor Castanheda-Boaventura, Saudações Azhurnenay. Como descendente do povo Azhurne, gostaria de agradecer ao senhor pela exposição de nossa história...

Ah, vocês tão de sacanagem, né? Só pode ser. Essa porra não existe, nem nunca existiu, e eu simplesmente não conseguia acreditar que tinha alguém que pudesse levar tanta abobrinha a sério. Metáfora. Era uma me-tá-fo-ra. Eu estava contando uma história com um significado usando um significante que era completamente ficcional. Uma fábula sem bichinhos falantes. Será que essa gente é tão retardada assim?

Era. Era retardada assim, e eram muitos, porque logo começou a encher de gente com esse papo de Azhur, de povo Azhurne e Igreja de Azhur, e grupo de apoio do povo e uma caralhada de coisa que eu precisei bater com a cabeça na mesa pra ter certeza que estava vendo bem.

— Eu avisei.

— Caralho, Azazel. É bem o que eu preciso agora. Tenho que lidar com um bando de gente desvairada e agora também com o meu demoninho batendo o pezinho no chão, cheio de razão.

— Mas eu avisei.

— Vá se foder!

Mas o pior foi que, logo em seguida, recebi um e-mail oficial do governo de uma província na Romênia, diretamente do secretário de Turismo.

> *Greetings, Doutor Castanheda-Boaventura,*
> *Gostaríamos de convidá-lo a visitar nosso país e tê-lo como hóspede de honra por conta da publicação do seu livro (ainda não traduzido para a nossa língua). Graças à sua obra, tivemos um aumento significativo do turismo vindo do Brasil para visitar a cidade de Medgidia e região...*

Meu caralho. Só consegui pensar que deve ter um dono de minimercado naquele cu de mundo muito, mas *muito* puto comigo. E eu ia começar a ter urticária se algum departamento de arqueologia romeno viesse a me contatar, mas isso não chegou a acontecer. Ou então aconteceu e não percebi.

E nem teria percebido, porque agora eu estava recebendo mensagens de pastores de todas as igrejas do país e outras tantas de fora me condenando ao fogo eterno por tanta heresia. Entraram na lista também quatro padres católicos, um bispo anglicano e, para o meu espanto, um cabalista. Pensei em puxar um papo e perguntar se sabia o que significava "Azazel" em hebraico.

Se fossem apenas mensagens dos representantes de Deus, eu ficaria tranquilo — afinal o livro tinha sido, de uma forma ou de outra, coautorado por um filhote do Tinhoso. Mas não. Houve mensagens de fãs de Batman, que eu podia ter certeza que foram escritas com a mão trêmula de ódio, questionando a história de Bruce Wayne e as suposições que eu fazia a respeito de sua vida.

> *... percebe-se que o senhor foi incapaz de ler o spinoff da DC publicada em 1977 e 1978 em que há uma clara explicação a respeito do projeto de Bruce Wayne onde se esclarece exatamente qual a relação que ele tinha com as histórias já contadas em outras publicações a respeito da sua infância e seus pais...*

Vieram vários desses e-mails. Todos sem muita lógica e sem pontuação. Teve socialista me dizendo que eu era um neoliberal do caralho. Teve neoliberal me dizendo que eu era um fantoche da Igreja católica. Teve grupo de jovens católicos dizendo que o que eu estava fazendo era o trabalho de Deus, e ler meu livro era o primeiro de muitos passos para se libertar das amarras do nepotismo medieval. Teve comunista me louvando, citando páginas e mais páginas de Marx, dizendo que aquele livro era o início da revolução. Teve uma penca de templários — deixa eu repetir, *templários* — glorificando cada linha de texto, que aquilo era o fim da literatura decadente no Ocidente e o início da conquista de Jerusalém.

Sabe o que não teve? Não teve uma puta mensagem de alguém que leu e entendeu o que escrevi. Quem sabe porque a pessoa que entendeu logo sacou que aquilo era uma merda sem pé nem cabeça, que não valia os bits e os bytes de um e-mail pra mim.

No meio desse pandemônio, recebi um e-mail bizarro do Aloísio. Fora do contexto da minha vida, e aparentemente vindo provar que doença mental é um negócio que pode se manifestar nas formas mais estranhas:

De: *Aloísio M. Vilhena*
Para: *Geraldo Pereira*
Assunto: *Fw Fw – Direitos autorais para produção multimídia*

Véi! Como vai? Recebi esse e-mail aqui do Marcelo. Mando para você. Teu Coelho Coelho vai virar herói de filme!

On Wednesday Marcelo Gouveia wrote:

>*Aloísio, como vai? Te mando aqui um e-mail que eu recebi dessa produtora daqui.*
>*Mande uma cópia para o Geraldo.*
>*Abraços!*
>
>*Marcelo Gouveia, editor-chefe*

On Wednesday Joana Sabiá wrote:

>>*Senhor Marcelo, meu nome é Joana Sabiá. Sou diretora de produção em uma pequena produtora de curtas animados chamada Animami.*
>>*Ao entrar em busca de um roteiro para nossa próxima animação, nos deparamos com o livro* O Coelho e o Urso, *do autor Giordano Hammin, e gostaríamos de saber da disponibilidade do autor e da editora em autorizar o uso da história para um filme nosso.*

>>*Joana Sabiá, diretora de produção, Animami*

Escrevi de volta para o Marcelo, dizendo que tudo bem. Que me pagassem a porcentagem de direitos autorais se essa bosta viesse a dar lucro. Deixei que Aloísio negociasse as quantias. Eu não queria me encontrar com nenhum ser humano que achasse que aquela porcaria podia virar animação.

» » »

No meio dessa putaria epistolar toda, voltei à minha rotina normal.

Aloísio continuava aparecendo para se mostrar vivo e tomar café ruim, mas a gente não conversava sobre o mundo bizarro que tinha engolido minha caixa de entrada de e-mail. Nem sei se ele sabia o que estava acontecendo lá fora, no Universo paralelo dos meus leitores. Não perguntei se sabia nem forneci nenhuma informação. Por quê? Primeiro, porque Aloísio ia me sacanear pra caralho, e eu não precisava disso. Segundo, porque eu queria ter um assunto que não fosse essa pira para conversar com uma das poucas pessoas com quem eu me encontrava e que não envolvia fazer sexo. Terceiro, porque eu sentia um bocado de vergonha dessa história toda. Vergonha por mim, vergonha pelos que me escreviam, vergonha pela editora, vergonha até pelo papel em que imprimiram esse monte de abobrinha.

Sei lá quanto tempo depois, Aloísio me apareceu todo exaltado, brilhando com um halo fosforescente de deslumbramento. Os olhinhos nervosos dele piscavam como se ele tivesse sido escarrado na cara pelo deus do gás pimenta.

— Tó! — ele disse, me entregando um envelope.

— Que é isso? Uma carta-bomba? Um pedido de resgate? Uma conta pra pagar?

— Abra — ele respondeu, rindo.

Dentro do envelope, havia um cheque. E nesse cheque existiam vários zeros — mais do que estou acostumado a ver — e também tinha o meu nome nele. Cheque este assinado pelo departamento financeiro da editora.

Ca-ra-lho.

— Caralho, Aloísio. Que isso?

— *O melhor livro de autoajuda do mundo*, meu rapaz! Sucesso de vendas. Agora a gente sai pra comemorar.

— Puta merda, Aloísio! — Eu estava constrangido, mas Aloísio entendeu minha cara de bunda como expressão de emoção e não perdeu o pique.

— Puta merda, *mesmo*! E nem é só isso aí, não. As vendas não param de crescer, e tá chovendo pedido de entrevista e de palestra.

— Entrevista? Entrevista com quem?

— Ué? Com o Doutor Rodolfo Castanheda-Boaventura!

— Que Doutor Rodolfo? Doutor Rodolfo não existe, porra! Doutor Rodolfo sou eu!

— A-hã! É isso aí.

— Você falou em palestra?

— Falei. Você não tem ideia de como pagam bem.

— E quem é que vai dar a palestra?

— Oras, quem?

— Pergunta idiota, né?

— Pergunta idiota. — Eu tentei ganhar tempo para botar minha cabeça em ordem. — É… Pois é… Aloísio, você me dá uma licencinha, eu preciso de ar fresco.

Abandonei meu editor no meio da minha sala, deixei o cheque na mesa, larguei a vontade de viver na privada e saí correndo desesperado para o Edinilson.

Atropelei dois pedestres que atravessavam, passei por cima de dois carros e quase passei por baixo de outro. Cheguei no bar e me sentei num abençoado banco livre.

— Edinilson! Uma cachaça.

— Como é?

— Uma cachaça!

— Tu vai tomar cachaça? *Tu*? Às onze da manhã? Vai não! Tó! Bebe isso aqui. Fica por conta da casa.

Era uma latinha de Fanta.

Eu teria me vomitado todo, Edinilson tinha razão. Bebi Fanta e respirei fundo.

A verdade é que eu já tinha me convencido há tanto tempo de que o livro não ia dar em nada que não consegui me planejar para a eventualidade de que talvez ele vendesse. E que talvez acontecesse o que o Aloísio tinha planejado: palestras, encontros, segundo livro, e até mesmo muito dinheiro. Meu Deus! Um segundo livro! Que horror!

Me imaginei sentado, escrevendo mais um livro, e tive mais uma ânsia de vômito. *O melhor livro de autoajuda quântico do mundo, Melhor arte da melhor guerra do mundo…* Tive que fechar os olhos para me controlar.

Logo depois me veio à cabeça a imagem do pobre Azazel.

Coitado do Azazel… Coitado mesmo. Passou quase três meses ocupado em me observar respondendo e-mails, traduzindo textos de Física e Engenharia, editando jornais de Química e, de vez em quando, abrindo um ou outro artigo de Filosofia.

Ele não tinha nada para fazer. Estava aborrecido, calado, mal--humorado e parecia doente. Quando se passaram um ou dois meses desse estado cada vez mais deplorável, não aguentei e disse:

— Azazel, você está mais magro. Quer que eu te sirva mais groselha?

Ele sacudiu a cabeça.

— Por que não?

Ele deveria se alimentar de groselha e maus pensamentos. Maus pensamentos estavam em falta, e eu sabia que era esse o problema.

A vermelhidão da sua pele enrugada, que lhe dava um aspecto de carne viva, estava apagada, anêmica, seca. Ele estava magro e as pequenas protuberâncias em sua testa eram mais visíveis. Se não tivesse olhos tão grandes e esbugalhados, provavelmente eu veria olheiras ali.

— Você anda bebendo, não?

— Problema meu.

Eu acho que ele deveria ter inventado um nome para essa bebida de larvinhas fermentadas com groselha concentrada. Ia ser mais fácil para eu descrever meu nojo.

— Olha, Azazel… Você tem que sair dessa…

— Não enche o saco.

Eu deixava o coitado discutindo a vida com o Batman antes que ele dissesse pra mim, mais uma vez, que eu era um escritor de autoajuda de meia-tigela. Pensei que fosse dar uma melhorada no humor dele, que ele fosse se sentir um pouco mais animado quando comecei a receber aquele monte de e-mail esquisito. Mas não respondi a nenhum deles, e tudo que havia dentro do garrafão era escárnio e mau humor.

Naquele clima de miséria que estava ali no bar, era nele que eu pensava. Mais que qualquer outra pessoa, Azazel ia gostar dessa notícia.

Terminei de tomar a minha Fanta e respirei fundo. Logo atrás de mim estava Aloísio, que veio me procurar e agora estava esperando eu me acalmar. Me virei pra ele e o encarei.

— Tá tudo bem? — ele me perguntou.

Fiz que sim, e respondi em voz baixa:

— Eu preciso de um tempo. Tenho uma palestra pra preparar.

— É isso aí, garoto!

— Vai se foder!

CAPÍTULO 13

O primeiro passo para a redenção publicitária desse estelionato todo seria fazer uma porca entrevista. A gente não tinha plano, script nem conceito de que caralhos estávamos fazendo, ou do que estávamos atrás. Jamais alguém se preparou para a irreal hipótese de esta bosta de livro fazer sucesso. Certamente não eu. Azazel, depois de saber que teria mais trabalho, ficou exultante e começou a ter ideias. Já tinha uma palestra inteirinha montada na sua cabecinha diabólica.

— Você vai vender livros como se fosse vinho barato, vai vendo!

Sendo um bundão, sem experiência nem atitude, sem vontade e com receio, deixei a coisa rolar — como, aliás, eu estava fazendo até então com tudo na minha vida. Treinei com Azazel uma infinidade de baboseiras que lhe ocorreram para responder a qualquer pergunta que surgisse na entrevista. Da parte dele, como um bom filho do Belzebu, Azazel tinha acesso a tudo que acontecia na cabeça dos jornalistas.

— É improvável que façam alguma pergunta original ou diferente de algo que eu tenha te dito. Essa gente não é conhecida pela criatividade.

Perguntas pessoais estariam vetadas — o que deixaria minha vida bem mais fácil —, embora Azazel tivesse se entusiasmado com a possibilidade de inventar uma biografia completa para o Doutor Castanheda-Boaventura.

— Nasceu em Calcutá, filho de diplomatas. Cresceu em São Paulo e, ainda jovem, foi para o Nepal, onde conheceu o grande guru Aswar Samhar, com quem aprendeu a cura pela expansão cromática…

— Expansão cromática…?

—… depois se formou na universidade de Cullentdalle Valley, em Terapia Psiônica Quântica, com especialização em Campos Morfogênicos. De lá, partiu pra criar um retiro nos Estados Unidos, quando…

— Azazel, chega!

— Por quê? Olha que legal, a gente…

— A gente a sua bunda. Quem tá metido nesse estelionato masturbatório aí sou eu. O advogado da editora preparou a papelada pras palestras e pra entrevista. Doutor Rodolfo é um nome comercial. A biografia é fantasiosa. As letrinhas miúdas são nosso salvo-conduto, e tudo que puder complicar a brincadeira foi vetado.

— Eu só acho que daria mais realismo.

— Tudo, absolutamente tudo, que eu rejeito neste momento na minha vida é realismo, belê? Quando eu decidir escrever um romance, se até lá você não tiver me levado à falência por causa dessa sua groselha, aí eu penso no seu caso de querer criar um personagem de verdade.

Achei que, depois de tanto ensaio sobre o assunto, eu estaria bem preparado para a entrevista, mas a coisa começou a dar errado logo na manhã em que a repórter me telefonaria: escrever autoajuda é uma coisa, outra muito diferente era falar dessa merda, ainda por cima, louvar a porcaria que escrevi.

Pelo telefone.

Eu odeio telefone.

Passei mal a manhã inteira.

Azazel olhava pra mim com pena.

— Você não parece bem.

— Tá tudo oquei.

— Tem certeza?

— Não.

— Quer cancelar a entrevista?

Eu queria cancelar minha vida inteira, mas a entrevista era parte de um contrato assinado, e eu não podia desistir. Dizer que agora estava começando a me arrepender de ter assinado essa bosta não fazia justiça ao tamanho da minha azia. Assinar aquele contrato foi provavelmente mais um desses episódios em que Aloísio me pegou em um momento inoportuno e acabou me convencendo. Eu não lembrava. Eu não queria lembrar. Mas precisava lembrar, eu precisava entender, minha barriga doía. Eu ia dizer o quê? Eu não sou o Doutor Rodolfo. Eu não sou ninguém.

O chão girava e os sons pareciam mais altos, mais claros, mais discerníveis. Uma buzina lá fora, o vento sacudindo a vidraça da janela, um mendigo chamando todo mundo de filho da puta. Tateei meu caminho até a cama. Sentei ali, atônito, afônico, a visão embaçada na direção genérica onde estava o telefone. Percebi que estava só de cueca. Se tivesse um piripaque ali, naquele momento, o paramédico ia me encontrar desse jeito. Me levantei para pegar uma camiseta quando o telefone começou a tocar.

Segurei uma iminente ânsia de vômito. Um vácuo sugou meu plexo solar para baixo. Minhas têmporas começaram a pulsar. Parei no meio do caminho. O telefone tocava como uma sirene antiaérea.

— Me dá logo isso aí. — Azazel apontou para o aparelho.

— Quê?

— Eu faço a entrevista por você.

— Ahn? Mas... a sua voz...

— Eu sou o filho do Demo. Eu consigo imitar vozes.

Desisti dos detalhes técnicos. A cabeça girava cada vez mais rápido, e o enjoo crescia. Me forcei a ir até o telefone. Com as mãos tremendo, ainda em choque, larguei o aparelho dentro do garrafão como se fosse um artefato possuído. Azazel atendeu.

— Alou?

— Olá, Doutor Rodolfo?

— Olá, sim. Tudo bom? — A imitação estava longe de ser perfeita, mas ia ter que servir.

Eu respirei aliviado pela primeira vez em algumas horas. A vista ficou menos turva, mas tudo que eu conseguia fazer era ouvir Azazel enquanto me sentava imobilizado na borda da cama.

— Tudo ótimo. O senhor está pronto para a entrevista?

— Estou pronto! Podemos começar.

Do outro lado da linha veio um barulho da jornalista mexendo no telefone e se arrumando para começar. Ela pigarreou e mandou bala:

— Doutor Rodolfo, em seu livro *O melhor livro de autoajuda do mundo*, vemos uma notável guinada para direções diferentes das que estamos acostumados a ver na literatura do gênero. Como foi que isso aconteceu?

— Olha, o mercado já estava com uma sede de renovação há muito tempo, não é mesmo? Essa estagnação gerou um processo que, na verdade, tem muito pouco a ver comigo. Afinal de contas, o que ofereço nem é original. Talvez porque eu escrevo do ponto de vista humano, e nós, humanos, estamos num estado de falência da consciência e das nossas qualidades perceptivas desde sempre. Trocando em miúdos, o ser humano é insensível à realidade, impotente diante dos sentidos. Não vemos o mundo como ele é. E isso cria uma tensão, uma dissonância. Tudo o que eu escrevo é simplesmente uma resposta direta à dor dessa dissonância. Nem eu nem o livro somos a cura. O meu livro não dá absolutamente nenhum alívio, nem resposta, nem sequer um paliativo temporário. Mas traz uma explicação para essa dor. Acho que as pessoas se identificaram com isso, com alguém que lhes diga quanto a posição delas é precária e patética.

— Mas como assim? Não é um livro de autoajuda?

— Claro, é evidente que sim. Acontece que o livro não é, no entanto, um manual de como curar a dor que sentimos. Minha ideia é colocar em perspectiva o fato de que o problema é outro, e muito mais profundo do que se supunha antes de o leitor começar a ler. Aparentemente as pessoas não tinham se dado conta de que, por exemplo, o suicídio é solução para tudo.

— De... desculpa... Como é que é?

— Oras, a senhorita não sabia disso?

— Do quê? Do que o senhor está falando?

— É só se matar, filha, que tudo se resolve.

— Tudo se resolve. Doutor Rodolfo, desculpa. Eu... O senhor pode repetir? Suicídio, o senhor disse?

— Oras! É evidente que não estou propondo que ninguém se mate, de maneira alguma. Falo do suicídio como uma metáfora. Como o significante de terminar com tudo. Em termos estritamente técnicos, a morte acaba com todos os problemas. Pelo menos pra quem se matou. E se você não se importar de não estar presente pra gozar da solução. Vou dar um exemplo: digamos que você está dentro de um relacionamento ruim. Seu cônjuge está te sufocando ou sendo abusivo? Oras, separe-se! Fim. Ou então não se separe! Mas entenda: se você continuar no relacionamento, persistir em ficar junto, deixando tudo como está, sem se separar, essa já é uma decisão. Você já está decidindo não se separar. No entanto, o fato de você contemplar a separação como sendo uma solução possível e válida já coloca todas as outras soluções em perspectiva. Emprego ruim? Saia dele, ou se mate. Ou não. Enfim, o leitor acaba entendendo que o problema nem é exatamente o que ele achava ser, antes de começar a ler o livro. Suicídio é a decisão derradeira, nesse caso.

— Não é um pouco arriscada essa linha de argumentação?

— Claro que é. Tocar na percepção e na conscientização das pessoas é o que há de mais arriscado nesse mundo. Sabe do que é capaz um humano que vê o mundo pelo que ele realmente é? As pessoas têm sido ensinadas já por tempo demais uma série de bobagens sobre o poder da mente. Oras, que diabos de poder é esse se as pessoas não conseguem sequer controlar seus medos mais irracionais? A mente é um negócio frenético cujo único poder é o de distorcer tudo: desprezar o que é inconveniente e dourar tudo que lhe parece bom. Enfrentar a realidade é o primeiro passo para a verdadeira autoajuda. Enfrentar o fato de que contemplar suicídio é uma alternativa nos ajuda a encarar a realidade com a cara lavada.

— Mas... sugerir suicídio?

— Oras! Isso não é o fim do mundo. Quer dizer, o suicida já vai ter morrido, mas o resto continua aí. O mundo segue girando ao redor do Sol. Isso até o Sol morrer, o que inevitavelmente vai acontecer em algum momento no futuro.

Eu ouvi toda essa conversa perplexo, sem ar, sem conseguir me mexer, sem conseguir vestir a camiseta que ainda estava na minha mão. Via imagens de capas de jornal, bombásticas, contando sobre o Massacre de Jonestown II em alguma cidadezinha no interior do Paraná, envolvendo mais de mil suicídios. Via uma foto minha, eu de algemas, sendo conduzido pela polícia; a legenda seria "Autor de duvidoso livro de autoajuda, suspeito de ser o responsável pelo suicídio de milhares de pessoas". A luz que entrava pela janela me ofuscava. Foi ficando forte e parecia engolir tudo no quarto —, a estante, o demônio, meu telefone e eu. Fechei os olhos e não adiantou nada, a claridade crescendo. A entrevista seguia, como som de fundo, mas eu não entendia mais nada, apenas o murmúrio daquele bife cabeludo imitando minha voz.

Acordei bem depois. O telefone já desligado, Azazel bêbado de felicidade.

Com dor de cabeça, tudo que pude pensar foi: fodeu.

O telefone tocou mais algumas vezes. Cada vez que tocava, uma torrente de susto se misturava à minha corrente sanguínea e me fazia pular, alerta, elétrico, com as mãos tremendo, abrindo e fechando involuntariamente. Eu sabia que Aloísio ia querer saber como foi a entrevista. Devia ser ele me ligando. Tinha decidido nunca mais falar com Aloísio, nem que para isso eu tivesse que mudar de nome. Aliás, deixaria de falar não apenas com Aloísio, mas com qualquer ser humano com quem tive qualquer contato nos últimos trinta e cinco anos, incluindo toda a minha família.

Eu teria descido até Edinilson, mas estava com dificuldade demais para respirar. Não lembrava direito como se fazia para andar, quanto mais descer escadas.

— Fodeu, cara... Fodeu. Agora fodeu mesmo.

Azazel parecia relaxado, satisfeito consigo, como demônio que era. Pedir ajuda pra ele agora seria pedir gasolina para apagar um incêndio. Deitei na cama e fiquei olhando para o teto, só de cueca, desesperado. Se o paramédico me visse assim, foda-se.

Em algum momento o cansaço venceu a ansiedade e adormeci. Acordei no dia seguinte com o puto do Aloísio olhando pra mim, ao lado da minha cama.

— Ah! Caralho! Aloísio! Que puta susto!

— Tó.

Aloísio esticou a mão e me alcançou um copo de café que ele já segurava e achei que ele ia jogar na minha cara.

Com cuidado me sentei na cama, estiquei o corpo um pouco, ainda com as pálpebras amolecidas. Peguei o café. Estava frio. Dei um pequeno gole. Estava ruim.

— Você tá aqui faz tempo?

Ele fez que não com a cabeça.

— Que horas são?

— Uma da tarde.

— Que é que você tá fazendo aqui? Como é que você entrou?

Aloísio levantou, suspirou e começou a andar pelo quarto.

— Vamos ver... Por onde começar... Ontem, no fim da tarde, era pra você ter dado uma entrevista pelo telefone. Sei lá da entrevista. Tentei ligar pra saber, você não atendeu. Tentei mais uma vez, nada de novo. Liguei para a revista. Sim, rolou uma entrevista, tá tudo bem. Relaxei. Segui tocando minha vida. Aí, no dia seguinte, sai uma entrevista com o Doutor Rodolfo Castanheda-Boaventura. O título? BADALADO AUTOR DE AUTOAJUDA DEFENDE O SUICÍDIO. Daí...

— Peraí... Quê?

—... duas horas depois, Marcelo, da editora, me liga querendo saber o que há com você. O que foi que te deu pra falar aquilo. E eu respondi "Aquilo o quê, Marcelo?", que eu não sabia de nada, né? Aí ele leu a entrevista pra mim. Só pensei: *Ah, mas eu pego esse pilantra, vou socar aquele cara*. Te liguei na hora. Você não atendeu. Aí deu pro saco, né? Vim pra cá. E pra quê? Pra te ver assim, largado nessa cama. Vi o telefone dentro daquele garrafão, com o... a... o... aquele negócio ali dentro. Aí entendi tudo.

Fiquei olhando pro Aloísio.

— Aí, vossa senhoria aqui, imagino, quer saber por que é que foi acordado assim, na maciota, com cafezinho na mão, e não com porrada e na base de grito, como merecia, né?

Continuei encarando.

— É porque, sua besta, duas horas depois da revista sair, a venda de ingressos para a palestra se esgotou. Mil e quinhentos ingressos por um preço que me dá vergonha só de pensar de tão infame de caro. Zerado. Em duas horas.

Eu só piscava e tentava bicar aquela bosta de café. Fiquei quieto, olhando para a cara meio paspalha do Aloísio.

— E aí? Não vai dizer nada?
— Caralho.
— É isso aí. Pode escrever! Caralho! Nem sei se fico brabo e te dou um soco, ou se fico feliz e te dou um beijo na boca.

Caralho, porque agora ia ter palestra. E eu ia ter que apresentá-la. Caralho, porque mil e quinhentas pessoas pagaram uma fortuna pra ver o Doutor Rodolfo Castanheda-Boaventura falar de suicídio, do grande guerreiro Azhur, da deusa dos pesadelos e do Batman. Caralho, porque, para todos os fins, Doutor Rodolfo era eu. Caralho.

— Que é que eu vou dizer pra essa gente? — murmurei, chocado.

Meu coração começou a palpitar de novo, como se essa dormida toda não tivesse feito diferença alguma para a minha ansiedade. A cara do Aloísio e essa merda de café não estavam ajudando muito.

— Pergunta pra ele! — disse Aloísio, apontando para o garrafão na minha estante de livros.

Azazel nos olhava. Parecia feliz. Maus pensamentos. Estávamos cheios.

道 CAPÍTULO 14

Eu teria ainda um mês para a palestra. O que me daria em torno de trinta dias para ficar ansioso, enjoado, nervoso e paranoico, enquanto fazia o que qualquer adulto responsável deve fazer nessa situação: procrastinar.

De maneira geral, eu não tinha problemas em falar em público, afora o público. O que me deixava tão angustiado era saber que não tinha nada de honesto a oferecer a esse povo que tinha pago tão caro para me ouvir. Nada a oferecer. Eu era uma fraude, mesmo dizendo a verdade. Especialmente dizendo a verdade — porque não era a verdade que esse povo estava me pagando para ouvir.

Cada vez que pensava em escrever alguma coisa, minha cabeça projetava a imagem de alguém ali no público como a da minha mãe ou de uma tia gente boa e bacana. Gente sofrida, olhando pra mim com aquela sede de saber, com aquela aura de esperança. Caderninho no colo, caneta a postos, a vida dolorida amarrada com uma coleira lá do lado de fora do teatro, esperando a palestra acabar. A respiração tensa de quem vem ser abençoado com a resposta para todo sofrimento do corpo e da alma.

Para preparar a palestra eu escrevia umas linhas na direção do "vai ficar tudo bem...", mas não conseguia continuar.

Azazel apenas ria da minha angústia.

Dois dias depois daquela patética entrevista ao telefone, no fim de uma manhã calorenta, abafada, sem vento nem sol, a campainha tocou. Levantei da minha cadeira, onde tinha passado boa parte da manhã fazendo o impensável: usando o meu trabalho para procrastinar.

Eu vestia uma camiseta que já foi branca um dia, empapada de suor nas costas, e um short de algodão tão fuleiro que parecia uma samba-canção velha. Como tinha certeza de que era Aloísio, nem me dei ao trabalho de trocar.

— Já vai! — gritei lá do quarto enquanto metia o chinelo no pé. Estava abafado dentro do apartamento, e, se íamos conversar sobre alguma coisa, que fosse no Edinilson, lá embaixo.

Abri a porta e levei um puta susto, daqueles que deixam a gente sem ar antes de a cabeça entender o que está acontecendo.

— Érica?

Ela entrou no apartamento, rindo.

— Doutor Rodolfo Castanheda-Boaventura! Ora, ora!

» » »

Érica Yamagushi tinha sido minha colega em duas disciplinas no último semestre do curso de Engenharia. Nos encontramos dois anos depois, no mestrado, onde éramos duas almas igualmente idiotas com a estúpida ideia de estudar Filosofia. Ela tinha um rosto lindo de morrer. Parecia uma boneca japonesa. Os olhos eram dois risquinhos apertados. Um sorriso amplo, alegre, com covinhas nas bordas da boca, de dentinhos bem pequenos quase infantis. Os cabelos eram uma cortina fina e preta-azulada de seda lisa. A pele parecia cerâmica. Num contraste quase grotesco mas tão dela, Érica era baixinha, não chegava nem no meu ombro. Tinha o corpo rechonchudo, ombros muito largos e peito chato. A silhueta parecia reta, quase quadrada, com um pescoço curto e largo. Ela se movia de forma dura, sem ritmo, desajeitada e com pouca graça.

Falava com sotaque do interior paulista, marcando levemente os erres ao fundo da boca e da infância em Jaboticabal, sem verrrgonha nenhuma, misturado com um sotaque da capital, inventando o som de i no meio do cinquEInta, que ela cantava com sua voz bonita.

Fomos namorados, ou o que o valha, no primeiro ano do mestrado. Ela viu sabe-se lá o que em mim, e eu... eu acho que gostava dela. Tinha um senso de humor aguçado, ácido, cínico e preciso. A cabeça rápida. Sempre foi muitíssimo mais inteligente do que eu. Mais inteligente do que qualquer pessoa que eu conheça. Ela resolvia equações diferenciais de cabeça e se aborrecia com a minha lerdeza para fazer contas.

— Vai usar os dedinhos aí, vai? Quer ajuda?

Eu a mandava se foder e ela cumpria a ordem, pedindo ajuda e me puxando pra cama. No curso de Engenharia ela fechava o semestre com uma média acima de 98 e eu, satisfeito, capengava pouco abaixo dos 70.

Éramos felizes na cama e em frente à televisão, vendo séries dos anos oitenta e filmes cult, que ela adorava e eu aguentava. Éramos muito felizes nas leituras, até porque tínhamos que ler os mesmos livros. Eu, um pouco mais feliz que ela, porque lia mais rápido e com certeza curtia mais do que ela as leituras. Tanto que terminei o mestrado e, de certa forma, sigo mais ou menos no mundo dos livros. Ela acabou largando o mestrado e foi fazer um estágio na Alemanha.

Já estávamos para terminar a relação. Sou preguiçoso, lerdo e acomodado, deixando tudo rolar para ver no que as coisas iam dar. Érica era um furacão atômico-nuclear-laser que acordava às seis da manhã e não ia dormir antes das duas. Ela odiava meus amigos, e eu não tinha paciência para os amigos dela. Éramos excelentes naquilo que éramos bons. Mas éramos péssimos naquilo que éramos ruins. Acho que ela decidiu dar no pé para não precisar formalizar o pé na bunda. Assim que, oficialmente, nunca começamos a namorar, oficialmente nunca terminamos.

Alguns anos depois de ela viajar, eu estava ali, na minha casa, e, por motivos de uma outra mulher, amargurado. Amargurado e bem feliz com a minha amargura, quando o Aloísio decidiu que não suportava me ver satisfeito dentro da minha depressão e me deu a dica:

— Sabe quem tá aí?

Que pergunta imbecil, eu pensei.

— Amélie Poulain? Ah! Não! Já sei, o Groucho Marx! O Papai Noel?

— Érica.

— Sei...

— Voltou já faz umas semanas.

— Sei...

— Por que você não liga pra ela?

Por quê? Olhei para Aloísio com uma cara feroz de quem queria enfiar o dedo no terceiro olho dele e extrair do seu cérebro a resposta para essa pergunta imbecil. Era a segunda pergunta imbecil que ele me fazia, aliás.

— Diga aí, Aloísio, você quer a lista de respostas por escrito ou está com tempo para ouvir todas as razões para o meu não?

— Para de ser chato. Aliás, mais chato que você, só ela. Talvez por isso ela te aguentava. Deus que me perdoe, viu?

— Ela não me aguentava.

— Acho que Maristela tem o telefone dela, deixa eu ver aqui... Vou mandar uma mensagem pra ela.

— Não ouse!

— Já mandei.

— Seu puto!

— Tá aqui. Ela respondeu. Vou mandar pra você. Faça o que quiser.

E, como sempre, as más ideias de Aloísio eram sempre bem-vindas para algum recôncavo escondido e anárquico do meu cérebro. Deu dois dias, eu liguei, e desde então nos víamos de vez em quando, fazíamos sexo feito dois animais e falávamos de séries antigas mal dubladas. *Esquadrão classe A*, *MacGyver*, *Primo cruzado* (a preferida dela), *Super Vicky*, falávamos sobre a morte da risada enlatada e ríamos. Mas não convivíamos. Ela ia embora logo em seguida, sempre inventando algum compromisso na região da minha casa, ou então sem inventar compromisso nenhum. Eu ficava com uma sensação ruim de quem está fazendo alguma coisa errada. Só não sabia se era errado com ela ou comigo mesmo.

Era uma amizade-colorida. Com muita cor e até mesmo alguma amizade. Era? É? Eu não tinha muita certeza, mesmo olhando os bons tempos que tivemos antes de ela viajar. Nesses tempos, eu tentava não me envolver demais, porque sabia que tinha muito a perder se inventasse de fazer dela minha namorada. Ela não tentava coisa nenhuma. Não entender nada do que estava acontecendo e ter pouco ou nenhum controle sobre isso me deixava nervoso. Definir o que tínhamos a deixaria muito nervosa. E pensar em ter essa conversa me dava convulsões.

Fazia meses que eu não via Érica. Meses que ela não aparecia com essas desculpas de fazer sei lá o que no meu bairro. Não tínhamos amizades em comum, nem lugares em que poderíamos nos esbarrar por acidente. Além disso, e espero que já tenha ficado claro, pelo telefone eu não converso — nem mesmo com a minha mãe. Não sabia o que ela andava fazendo, se tinha casado, se tinha morrido, se os planos dela para dominar o mundo tinham sido postos em prática.

Daí, do nada, num dia quente e abafado pra caralho, ouço a campainha, abro a porta e a vejo ali, usando um vestido curto de alcinha de algodão azul que caía mal nela. Fiquei mais confuso do que surpreso.

— Oi, Érica.

Ela entrou no apartamento e largou a bolsa gigantesca em cima do mármore da pia. Tirou de dentro uma cópia do meu livro.

— Quero uma dedicatória.

— Não caçoa.

— Sério, meu! Quero uma dedicatória.

— Você leu essa bosta?

— Se eu li? Eu adorei!

— Não me sacaneia, Érica!

— Sério! Adorei. É tudo aquilo que você me dizia quando tava bêbado e de mau humor. Só que escrito de uma forma educada.

— Tá, você veio aqui só pra me sacanear.

— Não! Não foi só pra te sacanear. Vim porque eu nunca trepei com um escritor famoso assim. E bem-educado.

— Famoso?

— E bem-educado. Eu li a sua entrevista. Quer dizer, a entrevista do Doutor Boaventura-Castanheda. Meu, que nome mais bacana você escolheu!

— Não fui eu que escolhi essa bosta. E é Castanheda-Boaventura.

— Um lorde! Fiquei imaginando como seria o Doutor Rodolfo falando essas coisas profundas na cama, em vez desse monte de vulgaridades que você usa com tanta profusão.

— Você nunca reclamou de putaria.

Ela deixou o cabelo liso cair sobre o rosto enquanto olhava a sala. Andou arrastando seu chinelinho de artesanato, procurando provavelmente por alguma pista de como eu estava e a quantas eu andava. Depois de um tempão — qualquer coisa além de um segundo era uma eternidade para ela —, virou-se pra mim, fazendo sua cabeleira voar.

— E aí? Como tá dona Sinara?

— Por que caralhos você quer saber da minha mãe?

— Porque eu acho que você anda esquecendo a educação que ela te deu... — E me deu um dos seus mais marotos risos.

— Porra, cara! — eu disse, sacudindo a cabeça e tentando me desvencilhar do feitiço de tê-la assim, na minha sala. — Desculpa, não me liguei. Quer beber alguma coisa?

Ela começou a rir do meu embaraço.

— Tem alguma coisa gelada?

— Acho que eu tenho uma cerveja esquecida na geladeira.

Fui até lá e tirei a última latinha para ela. Peguei pra mim um copo d'água.

— Eu ia comentar da sua nova vida burguesa de autor badalado, mas... com essa porcaria de cerveja na geladeira, tô vendo que você é o mesmo pé-rapado sem classe de sempre. — Ela abriu a latinha com a mão gorduchinha, deixando um pouco da espuma que subiu escorrer no chão. Não se desculpou e deu um golão com gosto, olhando pra mim com seus olhos de risquinhos.

— Como foi que você... Como você... — Apontei para o livro.

— Como foi que eu soube do livro, ou como foi que eu descobri que você é o autor?

— As duas coisas.

— Maior coincidência! Escuta essa. Eu tava na casa de uma amiga que tava lendo o livro. Ela leu pra mim uma passagem que tinha gostado. Ouvi aquilo e pensei: "Já ouvi esse papo antes". Dei uma olhadinha no livro. Fui mexendo e me deparei com um título de capítulo: "Teria Bruce Wayne sido feliz se seus pais não tivessem morrido e ele não tivesse se tornado Batman?". Aí comecei a dar gargalhadas. Ora, ora, se não é o maluco do Geraldo! Até imaginei a cena: você sentado em frente à sua escrivaninha, olhando para a janela, para o ventilador sujo, procurando as palavras para começar um novo capítulo, lendo a lombada de um livro na sua estante e dando de cara com o Batmanzinho que eu te dei de presente. Você esbarra na mesa sem querer e o bonequinho começa a mexer a cabeça, e uma ideia se planta na sua. Meu, saí correndo pra comprar o livro. Aí vi que tem palestra, entrevista, todo o esquema!

— Gostou do livro?

— Claro que não!

— Decida-se! Você acabou de dizer que adorou!

— Mas é que agora vai ficar cheio de menininha bobinha caindo em cima de você quando, antes, eu ouvia com exclusividade as viagens que você dizia. É claro que, até por uma questão de decoro, imagino que com elas você vai usar uma linguagem de lorde, falando bonito sobre a inevitabilidade da dor. Nossa! Já pensou? Uma que seja um pouquinho mais inteligente, mas que nunca ouviu falar de Schopenhauer, vai ficar enlouquecida.

— Vivi pra ver Érica com ciúme...

— Vem cá que eu te mostro o que é ciúme, Doutor Rodolfo...

Ela veio para cima de mim, me empurrando para o sofá. Caiu em cima de mim, me beijando. Era o truque dela para cortar minha verborragia envergonhada. Ela usava um método próprio que não tinha nenhuma sutileza para me controlar através da provocação do meu embaraço: dava corda para me colocar numa posição desconfortável e, quando achava que eu estava no ponto, completamente envergonhado e sem graça, me resgatava mudando de assunto. Eu me sentia um ioiô.

Saudade da Érica. Não tinha me dado conta do quanto até ela me atacar, me empurrando com força contra o estofado. Não pelo sexo, mas pelas provocações e implicâncias. E também pelo sexo.

Ela era carinhosa de um carinho agressivo. Daquele tipo que quando você está doente não te leva pra cama e faz cafuné, mas te manda ir pra cama e enfia uma colher de sopa na tua boca, à força. Jamais falaria nem uma palavra de carinho. Só sarcasmo, cinismo e olhares. Ela não chegava a ser violenta. Era só abrasiva, socialmente inábil e desastrada. O negócio com a Érica era entender a linguagem dela. Uma tiração de sarro do jeito certo, dependendo da hora, era como uma poética jura de amor eterno. O fato de ela detectar que eu ainda tenho o Batman na minha estante foi o máximo de ternura que já vi ela demonstrar.

Tão diferente da Rosa, de quem eu não queria gostar, mas acho que gosto. Desde aquela primeira noite juntos, nos víamos uma vez a cada semana ou duas. Quase sempre na casa dela. Ela era delicada, elástica, calma, lânguida, mas sem intensidade nenhuma. Conversávamos, mas os assuntos sempre retornavam a superficialidades, como um problema com medo de se afogar usando boias de braço, mergulhando na alma e logo subindo à superfície para ficar ali nadando cachorrinho. Ela já não se emocionava com meu radicalismo sobre tudo. Tinha um certo medo e não me provocava mais, não queria ouvir algo que a fizesse se questionar a respeito do mundo que ela entendia, de novo.

Num encontro desses, ela fez o meu mapa astral.

— Oi! Eu fiz o seu mapa.

— Como assim, você fez o meu mapa?

— O seu mapa astral!

— Ah! Esse tipo de mapa…

— Muito interessante…

— É? Você descobriu que eu nasci pra ser um fodido?

— Não! Pelo contrário! Aliás, você tem Plutão na terceira casa. Isso me preocupou um pouco, sabe? Mas logo vi como você canaliza isso. Olha aqui a sua Lua na casa dez. Foi aí que eu entendi tudo.

— Eu não entendi nada.

— Dá pra ver aqui no seu mapa. Sua vocação é ser um líder espiritual. E ainda vai ganhar muito dinheiro com isso.

Ela me mostrou um monte de linhas inscritas num círculo. Aquilo, supostamente, era para ser a posição dos planetas no momento em que eu nasci e a relação geométrica entre essas posições vistas da Terra. Por algum motivo, aquilo deveria decidir algo a respeito de eu ganhar dinheiro ou ser um líder, espiritual ou não.

Se bem que, depois que saiu o dinheirão inacreditável da primeira edição do meu livro, e depois de ver quanto iríamos lucrar com as palestras, passei a acreditar um tiquinho em astrologia. O que era curioso, pois a data de aniversário que dei para Rosa fazer o meu mapa astral foi aquela errada, em que eu recebia cartão de felicitações do meu cliente: 27 de abril.

— Viu? Eu te disse! Não falha nunca!

— Sei não, viu? Esse livro é uma bosta. Só mesmo com Júpiter em desconjuntamento com Netuno esse sucesso todo viria.

— Conjunção. Com a Lua.

Se eu fosse romântico, ou pelo menos pensasse em outras pessoas que não eu mesmo, ou se não tivesse esse pudor bobo de criar um momento íntimo de verdade com Rosa, talvez eu a tivesse convidado para uma noite num lugar distante das luzes da cidade e pudesse mostrar para ela Júpiter de verdade, a uma distância de 588 *fucking* milhões de quilômetros. O brilho amarelado demora mais de meia hora para chegar na Terra. E, ainda assim, aquele mastodonte de hidrogênio era mais brilhante que quase tudo no céu.

O problema, ao que me parecia, é que não havia conjunção do meu Plutão com a Casa IV dela, embora ainda não estivéssemos a 7,5 bilhões de quilômetros um do outro. No geral, íamos bem juntos. Quando estávamos juntos. Estávamos talvez a uma ou duas cartas de tarô de distância um do outro.

E fosse eu ou fosse ela tirando as cartas, que não aparecesse a Torre. Deus me livre, porque a Torre faz Rosa estremecer.

— Interessante o caso do dois de copas. Reparou como nunca saiu um dois de copas quando sou eu quem tira as cartas?

Não, não tinha reparado. Mas me parecia uma explicação tão boa quanto qualquer outra. Eu pouco ou mal entendi qual era o lance que tava rolando com a gente. Não nos víamos com frequência suficiente para eu alegar qualquer tipo de status oficial. Sou um panaca e ensebei o quanto deu nesse caga-e-não-sai-da-moita durante esse tempo todo. Não perguntei o que ela achava nem dei minha opinião, que era a de que sou um cuzão. Eu também não disse que nosso lance estava fora do meu controle. Mas eu gostava dela.

» » »

Só depois, bem depois, de Érica ter saído de casa, é que me senti estranho a respeito de Rosa. Culpado? Talvez. Confuso? Sim. Estúpido também. Ansioso? Sempre. Nervoso? Tremendo feito vara verde. Mas, enquanto Érica ainda estava lá em casa, o efeito da presença dela era terapêutico. As tiradas sarcásticas que usava para me provocar e tentar me ofender funcionavam como morfina.

Depois de matarmos a sede um do outro, naquele frenesi inevitável que nos envolvia quando nos encontrávamos, ficamos nus e deitamos no sofá, suados de calor — já que a porra do ar-condicionado não foi consertado, mesmo com a grana que eu tinha ganhado. Ela se levantou em silêncio, abriu a bolsa enorme e tirou dali um estojo de pano. Voltou para o sofá, abriu o estojo, pegou uma caixinha de metal e uma seda de enrolar cigarro. Da caixinha, tirou um tanto de maconha, espalhou dentro da seda, enrolou mal e porcamente o papel e acendeu o cigarro. Puxou firme e passou o cigarro pra mim. Recusei. Ela me olhou com cara de mãe que dá remédio para o filho, enquanto o filho faz cara feia e recusa.

— Tó. Pega aí, meu.

Peguei. Desacostumado a ingerir fumaça, tive que fazer um enorme esforço pra me conter e não tossir. A filha da puta da Érica começou a rir, o que me fez rir também e, inevitavelmente, tossir.

— É um pobre menino inocente que a tia Érica leva para o mau caminho.

Devolvi o cigarro para ela. Seu rosto desapareceu atrás da fumaça depois de uma baforada. Ela esticou as pernas por cima das minhas, espreguiçou-se e me passou o cigarro de novo. Peguei cuidadosamente, com medo de derrubar as cinzas em cima dela. Fiz bico e consegui puxar forte, dessa vez sem tossir. O suor da ação de poucos minutos antes, secando devagar, me dava um suave calafrio.

Comecei a sentir um leve formigamento nos antebraços, próximo dos pulsos, junto com uma cócega em alguma região dois ou três centímetros para dentro das têmporas. Um a um, meus músculos relaxaram. A luz da janela parecia forte demais, o céu branco coberto com nuvens altas de um dia úmido e abafado. Eu afundava cada vez mais no meu sofá. Dois, três metros de profundidade. Lá no fundo das almofadas que me abraçavam com mãos lisas, suaves e quentes. De lá via o teto da sala, cada vez mais distante enquanto eu acariciava as pernas da Érica. Eram como dois rolos de seda branca, frescas e macias.

Enquanto todos os nós do mundo se desatavam no meu cérebro, eu ria...

Ah! Boceta! Quanta tensão só de pensar nessas palestras. Que bobagem! *Too Much Ado About Nothing*. Vai ser moleza! Quer ver? É botar o terno escuro sobre a camisa sem gravata, emprestar um maldito relógio de ouro de alguém e subir no palco. Muito boa tarde, meu nome é Rodolfo Castanheda-Boaventura. Venho aqui hoje vomitar sobre os senhores a verdade acerca do sucesso e da felicidade. Aprendi tudo com um minúsculo cão pug do avesso que vive num garrafão de vidro. Tão anotando? Ótimo, ótimo. Aqui vai. Regra número um. Não seja um cuzão. É isso mesmo que a senhora está ouvindo. Essa é a regra. Não seja cuzão. Não tem nada a ver com Deus, não senhora. Ó vocês, escutem, todos vocês, porque isso é importante. A regra número um não envolve Deus, diabo, religião nem porra nenhuma. É só não ser um cuzão! Tão entendendo? Então tá. O quê, meu senhor? Que é que acontece se alguém é um cuzão com o senhor? Bem, se alguém é um cuzão com o senhor... Não, o senhor ainda deve evitar ser um cuzão. Vou colocar como regra dois. Aqui vai. Tão anotando? É essa a regra número dois: Tenha paciência com cuzões. Não é pra sair mandando tomar no cu. A não ser que seja um cuzão filho de uma puta que quer é foder com a tua vida. Aí mande à merda e siga em frente. Mas a maior parte das pessoas merece uma chance. Porque acontece do cara nem estar sendo cuzão com você porque ele te acha um bosta. Às vezes é porque deu ruim, né? O cara descobriu ontem que é corno, ou pegou um trânsito do caralho. Aí eles tão lá, amargando esse cocô de vida, se deparam com você e soltam todos os cachorros, aí você vai lá achando que tá em todo o seu direito de responder e ser cuzão de volta. Pois a regra dois é esta: você não tá no direito de caralho nenhum. Vai que o cara não tá nem aí pra você, tá lá na dele? Vai que ele não queria ofender, nem sequer tava dando bola pra você. Você se ofendeu porque quis. Ficou puto porque o cara fez qualquer coisa que nem tem a ver contigo. Sei lá, o cara é satanista. É, minha senhora, vai que o cara é satanista? Acontece de qualquer um ser satanista. Sabe o que isso tem a ver contigo? Porríssima nenhuma. O cara tava ali na dele, sendo satanista, na santa paz do satanismo dele, e aí você fica achando que aquilo é cuzice para cima de você. E não é não, que o cara tá ali cheio de cornos, cabras e pentagramas por conta e risco próprios, porque essa porra de mundo não gira ao redor da caralha do teu umbigo. Então, não, meu senhor. Não é pra ser cuzão automaticamente em resposta a quem o senhor tá achando que é um cuzão, capicce? A regra três é a seguinte... Oi? Minha senhora, já foi a regra dois. É assim de simples: se alguém vem de cuzice para cima de vossa senhoria, não é para revidar com cuzice sua de lavra própria. É para aguentar, mesmo sob o risco de levar desaforo para casa. Na maior parte das vezes ninguém tá sendo um cuzão particularmente contra você, porque ninguém tá pouco se fodendo pra você! Anotou? Beleza. Posso passar para a regra número três? Aí vai. Regra número três: levanta essa bunda da cadeira e larga mão de ser um bundão preguiçoso. Esqueça os outros, esqueça o que todo mundo está fazendo. Você vai arregaçar as mangas e vai fazer o que tem que ser feito. Reclamar é pra cuzão. E cuzice, lembram, regra número um? Cuzice não pode. Então. É isso, galera. Quanto tempo a gente ainda tem? Ah, mais uma hora e meia? Foda-se. Vamos para o cafezinho com biscoito, quem quiser eu assino essa bosta de livro.

A Érica rolava de rir. Eu estava falando em voz alta e nem tinha me dado conta.

— Cara, você é um gênio! Sensacional!

— Uma palestra motivacional só pra você.

— Palestra motivacional? Isso dava uma religião! Descuzicionismo dos Últimos Dias. Caramba, eu vim trepar com um autor famoso, e veja só! Vou chupar o pau de um profeta do terceiro milênio!

Ela me deu um abraço de perna, prendendo meu torso, me puxando pelos cabelos para me tirar da posição deitada. Mordeu minha orelha numa safadeza alegre, ri de novo. Naquela hora me deixei esquecer da palestra, esqueci do céu, claro demais por detrás de um imenso lençol de nuvens brancas e sem manchas. Me esqueci dos grampos de roupa da vizinha que caíram no chão e ainda me incomodavam.

Por uma tarde inteira, me esqueci de me preocupar.

CAPÍTULO 15

Aquela gostosa nuvem de formigamento foi aos poucos se dissipando, me trazendo de volta ao meu estado normal. O estado em que foco minha atenção só nas coisas que estão fora do meu controle. Érica ficou na minha casa até o início da noite, e não lembro da última vez que ficamos juntos por tanto tempo num só dia. Talvez nunca. Ao sair, ela fez duas coisas que, na hora, não dei muita atenção e possivelmente tinham algum significado que até agora me escapa. A primeira foi deixar a cópia do livro dela sobre o mármore da pia e dizer:

— Pense numa dedicatória bem legal e escreva aí. Quando eu vier de novo você me devolve.

Isto é: criou uma desculpa para voltar. Era a primeira vez que algum de nós sequer levantava a questão de haver um futuro, próximo ou longínquo, o que quer que fosse. Nunca tinha sequer sugerido um "eu te ligo", "me liga", ou até mesmo um "tchau, valeu. Até um dia desses". O amanhã a Deus pertencia, e, sendo ambos céticos sobre as coisas de Deus, não nos intrometíamos nos assuntos do porvir. Que passassem os dias. Algo ia acontecer, eventualmente. Ou não, tanto faz. Foda-se.

A segunda coisa que me intrigou foi despedir-se com um beijo. Não um beijinho qualquer, mas um beijo longo, molhado, cheio de mãos e dedos.

Ela costumava ir embora na surdina, sem alarde. Quando muito, acenava um tchau. Dessa vez se alongou quanto pode. Fisicamente até, encompridando-se toda, esticando os dedos que passava no meu rosto ao se virar para a porta.

Levou com ela o silêncio que cobria o sofá, e sobramos eu e aquela minha montanha de ansiedades. Já não entendia o que caralhos havia entre mim e Rosa. Agora sabia menos ainda o que estava acontecendo comigo e com a Érica. Uma terrível culpa ocupou o lugar daquela fumaça doce e calma, me deixando ao mesmo tempo exaltado e sem conseguir pensar direito. Lembrava do meu absurdo monólogo das profundezas do sofá para meu hipotético público com bastante clareza e tive uma comichão quase incontrolável de me sentar ao computador e começar a escrever tudo aquilo. A vontade durou doze segundos, e logo saquei que não lembrava porra nenhuma do que tinha dito.

Eu costumava fazer muitos desses comícios a dois quando estava com Érica. Discutíamos os autores e os textos que tínhamos que ler. Ela, com pouca paciência, eu louco de vontade de mudar o mundo, olhos brilhando, cheio de amor e ódio por aquela luta perdida. A gente sentava para estudar e ficava escarafunchando cada parágrafo com lupa, com força, vontade e sede. Executar cirurgias em filósofos mortos me deixava apreensivo e exaltado porque, naquela época, ainda acreditava que "os antigos sabiam da verdade", como os alquimistas do novo milênio que exaltam os gigantescos poderes que os antigos egípcios supostamente tinham, que hoje se perderam. O que eles sabiam? Não os egípcios — fodam-se os egípcios —, esses aí curtiam gatos pelados e Raul Seixas e não me interessavam, mas os filósofos mortos. O que eles sabiam? O que tinham escrito? Essa gente talvez mais perdida do que eu e de forma profissional se dedicou a achar a resposta para a grande pergunta do Universo: "Que porra é essa?".

Eu questionava tudo que lia, desesperado, porque não entendia nada. Caralho. Sou burro assim? Seguia lendo, seguia sem entender e confirmava: sim, sou burro assim. O que me fazia sentir mais e mais burro era que todo mundo ao meu redor parecia estar perfeitamente tranquilo. Ou bem esses filhos da puta estavam entendendo tudo, ou estavam então aceitando que nada havia para ser entendido. Aí eu perguntava, inconformado, tudo o que parecia óbvio, mas pelo jeito ninguém tinha coragem, força ou curiosidade de perguntar.

Aí eu discursava meu discurso de perplexo para Érica. Ela aplaudia, achando que eu estava era bêbado, e em seguida me dizia que eu era um idiota.

— Você é um idiota! Você não vê que o Platão escreve desse jeito de propósito?

— É óbvio que vejo, posso ser um idiota, mas não sou burro. Você não se dá conta que tem 2.500 anos de estudantes de filosofia pelo mundo achando que ele é só um putão esnobe e eugenista?

— Sim. E ele teria adorado esnobar de volta todos eles.

Talvez, sim, ele fosse adepto à engenharia social e aquela história de mito da caverna fosse uma prévia do que ele pretendia fazer com eventuais opositores.

Nietzsche apanhou de mim nesses discursos por ser um puto e ter razão. Hobbes? Levou uma sova. Também por serem ele e o Leviatã dele uns putos. Schopenhauer? Com Schopenhauer eu concordava. Pensava como ele, o que era um claro sinal de que ele era um psicopata perigoso e, sem dúvida, um putão. Berkeley eu odiava, porque respondia à minha pergunta de "que porra é essa?" dizendo que é tudo a ideia da porra, que a porra mesmo a gente não sabia o que era. Fiquei puto e ignorei completamente — acabei tirando uma bosta de nota num seminário porque meu trabalho não era dizer o que eu achava. E eu disse que achava Berkeley um bosta cagão. Levantei a voz com a eloquência de um bêbado doido a dar uma mijada para defender Aristóteles. De Aristóteles eu gostava. "Que porra é essa? Bem, meu velho, essa porra é complicada, então vamos por partes, e vamos olhar qual parte da porra a gente entende." Kant? Sonhei com ele por noites a fio. Hegel, oras, Hegel fez Érica tentar me internar.

— Você é um idiota. Vai ficar aí obcecado tentando entender o que ele quis dizer quando disse o que você acha que ele quis dizer?

— Em alemão está diferente!

— Você é um idiota! Em alemão é tudo diferente. Vamos voltar ao escopo do curso.

— Volta você, vou ler esse negócio.

E li. Tudinho, consultando manuais e dicionários. E me senti um idiota, como tantos outros antes de mim. Nunca mais reli esse filho da puta e, assim que terminei essa minha aventura acadêmica desvairada, essa cretinice de mestrado, também nunca mais pensei no assunto. Esqueci dele e hoje o tenho em nome como a mais vaga lembrança das mais loucas noites que já passei estudando.

Mas me apaixonei por Espinoza.

— Quero casar com esse livro, Érica.

— Você é um idiota, não um monista.

— Sou, sim! Um monista, não um idiota.

— Não é. Você é um idiota, e um nadista.

— Não existe isso. É niilista que se diz.

— Eu sei, seu idiota! Mas niilismo é para quem pensa nesse assunto a sério. Niilismo é para quem tem uma estrutura filosófica cultural para justificar alguma coisa. Não um idiota como você. Você é um nadista. Um coisa nenhumista. Não acredita em nada. Não tem fé em coisa nenhuma e não vê futuro nenhum para ninguém nem para nada. E não é nem pessimismo, que para pessimismo ainda há que se acreditar em algum tipo de futuro. É implicância tua mesmo. É questão de perplexidade. Você não aguenta pensar no futuro sem se cagar todo.

Ela tinha razão, como costumava ter.

Que porra é essa? Esse era meu drama desde que me entendia por gente. Não sabia a resposta e me fixava no desespero profundo de que, ao que parecia, não tinha nem um filho da puta ao meu redor que soubesse ou se preocupasse com a resposta.

Quando terminei de estudar engenharia foi que me embrenhei nessa merda toda. Foi depois de trabalhar um tanto e calcular meu próximo passo que decidi que ia tentar a sério descobrir que porra era essa, e qual era a dessa porra e, se não por conta própria, que fosse com a ajuda dessa cambada de gente morta que passou a vida fazendo isso. Um monte de prussiano maluco, tudo morto.

Não que me sentisse baixo, ou que estivesse clinicamente deprimido. Era pior. Estava intelectualmente deprimido. Não era desequilíbrio de serotonina. Era a falta de uma luz, era o nada. Minha fé na humanidade era nula. Sem ter havido qualquer grande acidente, ou sem que tivesse perdido uma parte importante da minha vida, um grande amor, um parente querido, emprego, dinheiro, uma posição, dia após dia eu chegava cada vez mais perto da conclusão de que não existia nenhum motivo para acreditar que íamos escapar dessa porra em que nos metemos. Estávamos fodidos. Eu estava fodido. Quanto mais lia, filosofia, ciências, notícias, mais me dava conta de que estava procurando explicações que cada um desses homens tentou achar para justificar o absurdo do mundo na sua época. Nenhum desses sequer passou perto do poço particular onde eu estava. Era odioso o que eu via. O mundo estava acabando, e as pessoas continuavam tendo filhos. Tendo filhos! Botando serezinhos fofos e inocentes neste lixo que ia se autofagocitar em fome, calor, sede e dor. E, pior, ensinando esperança e fé a eles. Estava horrorizado demais para conseguir entender. Só me sentia podre, pobre e incapaz. As pessoas são burras. Estúpidas demais, poderosas demais. Causando danos demais aos seus próprios interesses a curto, médio e longo prazo. A humanidade era um fracasso e, quanto antes fosse extinta, melhor.

Se me abrisse com meu pai, ele ia dizer que isso é falta de mato para carpir, eu concordaria. Se eu fosse mais fodido ainda do que nós éramos, ia estar ocupado demais em sobreviver. Enfim, era crise de homem branco e hétero de barriga cheia. Me sentia péssimo.

Vou mandar escrever na minha lápide: Crianças, não façam mestrado para resolver o problema de consciência de vocês. Mas aí eu já estava estudando, procurando a resposta para a pergunta fundamental sobre a vida, o Universo e tudo o mais.

Quando minha irmã teve o segundo filho, eu já estava no mestrado. A incongruência era demais pra mim. Pulava de alegria e chorava feito um filho da puta. Só não chorei a noite toda porque estava deprimido demais para chorar.

Eu tinha comprado para meu sobrinho um coelhinho. Era o brinquedo mais lindo e fofo que já tinha visto na minha vida. Me abracei nele em casa e fiquei soluçando sem soltar uma única lágrima.

Na manhã seguinte a Érica me empurrou um maço de folhas encadernadas.

— Tó. Leia isso.

— Que é isso?

— *De Rerum Natura*. Poeminha do Lucretius.

De Rerum Natura, A Natureza do Universo. Tudo são átomos. Não há Deus, ou deuses. Não há nada nem antes nem depois da morte. Tudo são átomos. Indiferentes e desinteressados. Você é uma coleção de átomos. Eles vêm, eles vão. Átomos que te compõem hoje vão compor outra coisa amanhã. E o filho da puta do Lucrécio me escreve isso há 1.700 anos. Caralho. Meu desespero não só não era original, como já tinha tido resposta há séculos.

Li e fiquei puto:

— Você está tentando me motivar, é?

— Estou. Vai visitar seu sobrinho na maternidade. Depois a gente conversa.

Fui, levei o tal do coelhinho, e deixei de ser um nadista, um coisa nenhumista e me abracei a um niilismo raiz que me permitia pelo menos ver minha família de vez em quando sem sofrer demais. Sei lá quanto tempo depois a Érica se mandou, eu suponho que fugindo de mim. Aos poucos deixei de ver outros seres humanos, passei a me cagar de medo de morrer só de cueca no meu apartamento e decidi que a humanidade não era problema meu. Parei de me preocupar, passei a falar muito mais palavrões e me tornei quase feliz. Cético, indiferente, aborrecido e terrivelmente profano, mas quase feliz.

CAPÍTULO 16

Érica foi uma pessoa importante no processo de acalmar meus demônios. Érica, Lucretius, meu sobrinho e um coelhinho fofo. Meu Quarteto Fantástico.

Só que aquilo tinha sido anos antes. Agora eu tinha uma palestra para escrever e, quando Azazel — meu novo demônio — começou a me provocar com aquele besteirol dele de fazer boitatá dormir, comecei a ficar puto. Muito puto. Eu sei que ele estava fazendo o papel dele e me botando pra trabalhar na porra da palestra. Vinha com aquelas merdas de perguntas dirigidas que eu fazia questão de me esquivar:

— Vejamos. Por que você iria a uma palestra do Doutor Rodolfo?

— Simples, Azazel. Essa é fácil. Eu não iria.

— Digamos...

— Digamos o quê?

Azazel suspirou, de saco cheio:

— Digamos que você não fosse esse cínico cheio de vontade de sempre ter razão.

Flexionei os punhos e bufei.

— Digamos... — Tentei cumprir o exercício e me colocar no lugar de um cidadão que compra um livro chamado *O melhor livro de autoajuda do mundo*. Não consegui. Me senti meio palerma, mas tentei responder à pergunta de Azazel mesmo assim: — Acho que iria querer conhecer o autor. Ver a cara desse palhaço ao vivo. Olhar bem nos olhos do corno que deu aquela entrevista.

— Que mais?

— Acho que ia querer saber dele por que ele escreveu o que escreveu, e como.

— Sim, sim... E o que você esperaria ouvir como resposta?

— "Por dinheiro"?

— Não sei de onde tiro paciência para você. Outra vez. Você consegue!

— Por alguma coisa com aparência de profunda que pareça verdade e que faça todos os meus leitores acharem que eles compartilham comigo alguma energia especial?

— Tá melhor. Nessa linha. Você consegue ser mais específico?

— Ehn... Escrevi o livro pensando naquilo que temos em comum entre nós, como humanos, naquilo que dói em mim como parte desta humanidade, porque dói em todos nós. Era importante pra mim botar no papel esse sentimento difuso de me sentir parte de um grupo que pensa positivo, que tem uma aura comum que se multiplica e se compartilha. E essa foi a minha maneira de encontrar parceiros para essa jornada chamada vida.

— Viu só? Quando você quer você consegue. Que bonito. Olha, olha aqui. Tenho até uma lagriminha.

— Vá tomar no cu.

— Não! Bonito mesmo! Continue!

— Continuar com o quê?

— Continue! O que mais você iria querer ouvir?

— A verdade...?

— Qual versão?

— Ehn... a mais confortável...?

— Errado, meu caro Doutor Rodolfo. A mais simples possível, a mais simples e fácil de entender. Mas veja bem, uma versão simples não é, *per se*, uma versão simplória. Se você for apenas apresentar a versão mais confortável possível, você perde seu público. Perde seu público, primeiro, porque ele vai chegar rapidamente à conclusão de que não tem nada para fazer ali, afinal a realidade é confortável. Para que se esforçar, ou comprar outro livro teu? Você por acaso já ouviu falar de alguma religião bem-sucedida que não envolva apresentar aos fiéis a terrível imagem de sua deplorável situação e circunstância que, evidentemente, essa religião, e apenas essa religião, poderá resolver?

— Jainismo...

— Quê?

— Você perguntou se eu já ouvi falar de uma re...

— Não mude de assunto. Sou a antropomorfização de um mito greco-romano-judaico-cristão. Pro teu público jainista a gente ensaia algum outro tipo de palestra depois, certo? Então, a realidade que você vai apresentar deve ser necessariamente desconfortável, mas não horrível. Pelo menos não a ponto de o público achar não haver mais saída. O importante é ele acreditar que há solução e ela está nos teus livros. Ali estará a salvação e a resposta. A realidade apresentada deverá ser rasa, já que simplificada. Você vai tocar apenas na superfície. Mas a genialidade estará em dar a impressão de profundidade. Cada um dos teus ouvintes deve achar... achar, não, ter certeza, ser com ele que você está falando. É ele que você está consolando de suas dores mais profundas. Por isso a versão da realidade que vamos escolher deve ser o mais rasa possível. Um mínimo denominador comum abrangendo uma humanidade sofrida e desassossegada que busca paliativo para sua dor de ser. Mas, de novo e acima de tudo, as soluções, os segredos, as receitas devem ter, todas elas, uma superficialidade tênue, porém rígida.

— Você tem um exemplo, ou vai continuar falando como professor de antropologia sociológico-religiosa?

— Qualquer coisa que seja uma descrição da situação do paciente que ressoe a todos ali como uma verdade profunda que vai dar esperanças, vai colocar nas mãos dele todo o poder de ação. Evidentemente, não importa se é verdade. Por exemplo: "Você está agora exatamente onde deveria estar". Essa frase foi criada por um colega meu, filho de Lúcifer, para um auxiliar real na Índia, no século dezoito. Foi um sucesso tão grande que ele ganhou um prêmio!

— Um estoque de larvinhas?

— Como você adivinhou?! Enfim, o que eu... Ah! Você estava sendo sarcástico.

— Estava.

— Não importa, a frase faz sucesso até hoje. Veja que genialidade! Ela muda o paradigma do "que infeliz que eu sou por estar onde estou" para o fato de que o Destino, ou seja lá a expressão que vamos usar, o colocou ali por algum motivo cármico qualquer. É um truque bacana que não tem um único grama de falseabilidade. Por isso funciona tão bem. Tem outras versões bonitas, tipo "Coisas ruins às vezes acontecem para nos levar a coisas boas", ou, "se está tudo muito difícil é porque você está no caminho certo".

— Isso é nauseante.

— E sempre funciona! Vamos trabalhar nela para não ficar muito parecido com o original, que provavelmente teu público já ouviu tantas vezes.

— Tem mais?

— Tenho uma enciclopédia dessa sabedoria manjada. "Você cria sua própria realidade", "Siga sua paixão" ou "Siga seus sonhos", "Pensando positivo e sonhando alto você pode conseguir qualquer coisa", "Seja você mesmo, você é perfeito do jeito que você é", "Faça cada dia valer mais que o dia anterior", "Não há obstáculo que não possa ser superado"...

— Para filho do Belzebu, você é bem chato e convencional. — Ele me ignorou e continuou a lista, sorrindo satisfeito:

— "Mire para a Lua, se errar, você ainda estará entre as estrelas."

— Você sabe que, em termos de mecânica orbital, essa frase não faz sentido nenhum, né? Porque, se você sai da órbita terrestre com a veloci...

— E o chato sou eu... Acho que chega. Esse é o espírito da coisa. O negócio agora é montar a estrutura da palestra de forma a arrendar todo esse conceito e vender mais livros, ou mais palestras.

Eu me sentia um porco. Aquilo era nojento.

— É uma palestra ruim pra vender essa bosta de livro.

— E um livro para exaltar a palestra.

— E assim por diante...

— Lindo, não?

— E nem os livros, nem as palestras dizem alguma coisa que sirva a alguém.

— Exatamente.

— Mas seguem vendendo.

— Coisa do demônio, Doutor Rodolfo.

» » »

Por dois dias fiz anotações e compus roteiros dos mais bacanas — na visão do meu diabinho — para a maldita palestra. Havia pausas de efeito depois de frases sem efeito nenhum exaltando tudo que, ao mesmo tempo, não podia ser refutado nem aceito por alguém com um mínimo senso crítico. E meus leitores não eram pessoas com mínimo senso crítico. Foi o que criou um princípio de desconfiança em mim de que aquilo que estava fazendo não era perfeitamente honesto.

Tô de sacanagem. Já sabia há tempos que estava sendo um filho da puta e que essa bosta de palestra era uma roubada. Eu ia pagar com carma, com a vida eterna, com as moiras e seus teares, com o que quer que fizesse a justiça divina na qual não acreditava (acima de tudo não acreditava pela evidência da quantidade de filho da puta que não pagava nada e se saía bem, o tempo todo).

A merda é que dias antes, quando Érica foi embora, me embrulhei de culpa por tudo que já me remordia e sobre o discurso que dei ali, chapado e pelado naquele sofá ali da sala, pois eu já sabia que era a única coisa a ser dita. Primeiro, porque era um discurso honesto. Era *o* discurso honesto. E segundo, porque me provava que, se eu quisesse mesmo, tinha o que dizer. Mesmo que não fosse nada do que qualquer um no público tivesse originalmente pago para ouvir.

Que merda. Menos de uma semana para aparecer na frente dessa pobre gente, palestra pronta, e a verdade é que ainda não tinha a menor ideia do que estava fazendo. Só sei que tive uma vontade tremenda de abrir o computador e deletar tudo e reescrever baseado no discurso do sofá. Não deletei nada porque sou um cagão.

CAPÍTULO 18

Um dia antes da palestra acordei de supetão, a língua seca grudada no céu da boca e remela dura no canto do olho. Me levantei de ressaca, os olhos doendo, sem conseguir respirar direito. Quando fui buscar uma camiseta qualquer que estivesse à vista, olhei minha estante. Ali estavam meus livros, meus dicionários e gramáticas, meu Funko do Batman, Azazel ainda dormindo e meu cacto, seco e definhando.

Mas que merda! Achava que esse filho da puta de cacto viveria para sempre. Nem lembrava mais como ele tinha ido parar ali na minha estante, mas já estava comigo há anos. Suspirei, puto, vesti a camiseta que tinha usado ontem, botei uns chinelos e antes de limpar o rosto saí para ir no Edinilson.

Desci a escadinha estreita até o térreo, peguei o jornal equilibrado na boca da minha caixa de correio e me desviei dos pedestres afobados na calçada. Passei na frente do xerox que ainda nem estava aberto. Que merda. O que eu ia falar pra Rosa? E, afinal de contas, por que eu achava que tinha que falar alguma coisa?

Porque eu sentia uma culpa da porra.

Porque nunca ficou claro se éramos monogâmicos exclusivos ou se se tratava de amizade-colorida de raiz, aquela original que não pede, não exige nem concede nada além de poucas horas na semana e um pouco de boa lembrança para o resto.

E para Érica? Ia dizer o quê?

Foda-se. Vou esquecer essa história por enquanto, tomar meu café e ler o jornal. Depois eu tento resolver se fujo para a Bolívia, ou se faço votos e vou para um mosteiro na Croácia. Por ora segui andando, vazio, chutando uma tampinha de garrafa. Achei um vão entre dois carros estacionados por onde passei quase tendo que esmagar as pernas entre os para-choques, e atravessei a rua desviando do trânsito ruim para chegar ao bar. Só quando cheguei bem ali na frente vi que estava fechado. Não só estava fechado, mas o luminoso da Coca-Cola com o nome (que nunca me ocupei de ler) estava desmontado. No lugar do luminoso havia um retângulo branquíssimo onde a fuligem dos ônibus não conseguiu se grudar.

Fiquei parado talvez por mais de cinco minutos, feito um completo retardado, tentando entender o que era para estar óbvio no primeiríssimo relance.

Mas que boceta! O que estava acontecendo ali?

Eu queria confirmar as más novas com alguém, saber se aquilo era um engano, se era temporário. Mas o comércio todo estava fechado. O Edinilson estaria aberto, e é onde eu iria perguntar, mas agora eu não tinha Edinilson pra perguntar a respeito do Edinilson.

Vi o Boris, o cachorro da rua, do meu lado. Se coçava com vigor quando me viu. Parecia tão consternado quanto eu. Olhou pra mim, levantou as orelhas e começou a abanar o rabo.

— Boris, o que aconteceu com Edinilson? Fechou?

— Slurp. — Ele lambeu a minha mão. Era uma excelente resposta, mas não tornava o mistério menos misterioso.

Eu queria um café para pensar melhor.

Fui andando, uma, duas, três quadras, até que cheguei na avenida, meu limite. Depois da avenida, o Universo podia ser feito de antimatéria. Podia ser uma ilusão. Os terraplanistas, até onde sei, poderiam estar absolutamente certos, porque daquela avenida para a frente podia ser qualquer coisa — esfera, plano, bits e bytes, o Matrix, magia negra ou apenas um grande tapume animado e colorido que escondia o Grande Abismo por trás.

E agora eu ia fazer o impensável. Eu ia atravessar aquela avenida.

Era meu desespero atrás de um café.

Vai que era só a falta de café, ou falta de hábito, mas me senti esquisito atravessando com todo mundo, de forma ordenada, enquanto os carros parados em continência faziam uma formação de honra a nos guardar. Me sentei no primeiro banco, da primeira birosca que vi. O balcão não era grudento, nem feito de vidro riscado.

— Oi, me vê um café e um pão na chapa?

— Café filtrado ou expresso?

Que caralho de pergunta era aquela?

— Filtrado.

— Só pão na chapa?

— Com goiabada.

— Não tem. Tem queijo, presunto, nata e geleia.

O atendente falava português compreensível, usava um uniforme limpo e até mesmo passado. Meu senhor do céu! Usava até uma touca! E luvas de plástico! Luvas de plástico!

— Geleia.

Jesus... Luvas! Ele se virou e, em vez de gritar lá pros fundos o meu pedido, digitou alguma coisa num teclado e seguiu para atender outro madrugador.

O café chegou quente, numa xícara limpa, transparente, sobre um pires. Uma pequena caixinha de cerâmica continha sachês de açúcar e adoçante. Nada de pote com dosador estragado, cheio de açúcares de antigas eras grudado em pedaços, junto à ferrugem da tampa. O café estava bom, saboroso, e nem precisava de todo açúcar que eu planejava despejar. O pão chegou em seguida, crocante por fora, macio por dentro, sem manteiga demais, sem pedaços queimados e outros crus. A geleia veio separada, num pote fechado, individual. O cheiro no lugar era bom, e o barulho da avenida não chegava a atrapalhar. Era tudo muito civilizado, e eu sentia uma enorme falta do Edinilson e meu anônimo atendente que era sempre outro.

Não consegui terminar de ler o jornal. Aquele cheiro de pão fresco e café expresso me distraía, não combinava com notícias ruins. Larguei o jornal de qualquer jeito sobre o balcão de mármore limpo e, depois de pagar, como um bosta de um conformista urbanizado, atravessei a rua no sinaleiro para fazer o caminho de volta.

O jornaleiro que nunca tem o que quero nem nunca me dá o troco certo me confirmou. Edinilson tinha fechado. Iam abrir um restaurante ali. Imagino que limpo, lamentei, sofrendo por mim e pelo Boris.

O café não estava funcionando, eu ainda estava lerdo. Voltei para casa me arrastando de sono. Passei em frente ao xerox sem nem me dar conta que me chamavam lá de dentro.

— Ô, mocinho!

Era Rosa.

Meu pâncreas caiu em cima da glândula histeriócrina, e por alguns segundos meu rosto parou de receber sangue. Reação de pura ansiedade, típica de quem é tão mal resolvido. A solução natural seria sair correndo sem rumo e sem olhar para trás até eu perder completamente o fôlego. Mudar de nome, fazer uma plástica e mudar de país. Sem jeito, sorri:

— Oi, Rosa!

— Achou que eu ia me esquecer?

— Esquecer do quê?

— Do seu aniversário, seu bobo!

Claro. 27 de Abril. Eu nem tinha aberto meu computador ainda. Dia de comemorar com uma Fanta, se tivesse Fanta Uva, melhor ainda. No Edinilson tinha. Onde vou achar uma Fanta Uva pra beber?

Ela fez um gesto para eu esperar e entrou na salinha de trás. Voltou trazendo um embrulho cilíndrico, comprido e leve. Parecia um pôster embrulhado que ela me entregou meio sem jeito, tentando dizer alguma coisa.

— Eu...

— Diga.

— É que é presente de aniversário, mas é também um presente de despedida.

— Despedida?

— É. — Hesitou em dizer, segurando uma mão com a outra sobre o ventre, olhando para o lado de fora da loja. — Se o bar estivesse funcionando eu sentava contigo lá. Mas... — Ela ia fazer algo, daí pareceu mudar de ideia. Saiu de trás do balcão e me puxou com a mão. — Vem.

Fomos pela rua, ela olhava para o chão, andando devagar, quase arrastando o sapato.

— Tem um monte de coisa que eu já estava pra dizer há um tempo... É um presente, uma lembrancinha de despedida. Vou viajar depois de amanhã. Vou para os Estados Unidos. Eu estava aqui na casa da mãe por esse tempo porque... é que meu marido foi pra lá antes de mim. Ele estava para conseguir um visto de trabalho que me permitisse ir com ele, e até ele organizar as coisas e fechar o visto eu fi...

— Seu marido?

— É.

— Você é casada?

— Sou.

Mas a gente está se vendo já faz meses e você se esqueceu de mencionar esse pequeno detalhe? Que caralhos! Eu aqui me remoendo sem saber que diabos de relação a gente estava tendo e você me vem com... Mas que puta que vos pariu, hein? Marido?

Isso, só pensei. Não disse nada. Caiu em mim que, bem, foda-se tudo. Não tinha condições de julgar nem a ela nem a ninguém. Eu era um filho da puta que nunca deu dois caralhos para o que se passava com Rosa e o que era a vida dela. Me sentia culpado porque achava que, me sentindo culpado, ia pelo menos admitir que estava sendo um filho da puta e, portanto, era um tiquinho menos filho da puta. O que era um truque psicológico barato e imbecil que obviamente, por ser circular, não funcionava.

Eu precisava de um café. Café de verdade, requentado, pelando, velho e forte demais, cheio de açúcar, num copo fosco de sujo. Precisava de um pão na chapa de verdade, feito com pão velho e manteiga rançosa de baixa qualidade, numa chapa mal lavada e na temperatura errada, com pedaços queimados e outros crus que absorviam a manteiga amarronzada pelo fogo alto. Queria era uma goiabada de lata com mais açúcar e mais batata do que goiaba. Se possível, já vencida. Queria o budum dos bêbados sujos, a fuligem no ar engordurado. Queria meu banquinho do Edinilson, com balcão grudento e o Boris me olhando lá do chão.

— Putz... Rosa. Cara... Nossa, eu... Eu preciso pensar.

Ela me segurou os dois braços.

— Não, Geraldo, você não precisa, não. Tá tudo bem.

— Putz, Rosa...

— Gê. — Ela apertava meus braços quase na altura dos ombros com mais força. — Olha pra mim, olha. Tá tudo bem.

Porra, garota. Eu gostava de você, cara... Caralhos!

— Rosa, desculpa... Eu preciso pensar, quero ver qualé comigo.

Gostava?

O suficiente?

Não tá tudo bem.

Cadê o Boris? Quero tanto um sonho velho e rançoso, Edinilson...

» » »

Sei que cheguei em casa em algum momento. Não sei, não lembro e não quero lembrar como fui parar lá. Mas que bosta! Vai tomar no cu, viu? Casada? Indo embora? Que diabos foi que aconteceu? Com a gente... Com ela... E, porra, comigo. O que aconteceu comigo? Quem diabos sou eu? O filho da puta do cacto que era para ser eterno morreu. Que merda está acontecendo?

Abri a janela da sala e fiquei olhando para baixo, para a entrada do Edinilson fechada com uma porta de aço de enrolar. As pessoas passando por ali como se nenhuma tragédia tivesse acontecido. Estava tentando ser melancólico. É mole ser melancólico com uma vista feia que nem aquela. Mais do que uma vista bonita. Podia tentar ser ansioso também. Tinha prática, era muito bom em ser ansioso. Era imbatível na arte de ficar entediado, e até aborrecido. Havia muito poucos como eu nas manhas de estar brabo. Nervoso? Eu tinha três indicações para o Nobel de ficar nervoso.

Mas triste?

Triste eu não sabia.

Eu nem me reconhecia triste. Mal sabia identificar os comos e os porquês. Definitivamente, não entendia por que devia estar triste. Eu gostava da Rosa? Putz, nem disso eu tinha certeza. Eu tinha certeza de que não queria gostar dela, mas acho que gostava.

Carma.

Voltei ao meu quarto, abri o computador para ler os e-mails. Não havia nenhum desejo de feliz aniversário. Pronto. O escritório do sujeito também fechou e nunca mais teria motivo para comemorar o dia 27 de abril.

Azazel estava deitado no canto da sua garrafa, distraído, olhando alguma coisa no teto. Provavelmente estava regurgitando suas larvinhas.

Peguei um livro — Hegel — e deitei na cama para ler.

Passei meu tempo lendo, checando notas de rodapé antigas que escrevi com a caneta rosa da Érica. Não me recomiserei de pena de mim mesmo por tempo demais. Passei pelos cinco estágios da aceitação (tristeza, emputecimento, emputecimento, emputecimento e a aceitação do emputecimento) bastante rápido. Almocei algum tupperware que minha mãe deixou no meu freezer num dia desses e, sem o café do Edinilson, desenvolvi uma terrível dor de cabeça que curei com uma curta soneca e uma aspirina.

Acordei confuso, como se tivesse despertado numa cama estranha, num hotel em que cheguei de madrugada e larguei as coisas, sem ter visto nada ao redor. Não havia nenhuma familiaridade no que via. Por alguns instantes fiquei sem ter muita certeza de nada, confundindo tudo que tinha acontecido com os sonhos daquela dormida e outros sonhos velhos esquecidos. Deu a impressão de que tudo aquilo talvez tenha sido uma história contada pra mim a respeito de outra pessoa. Não me reconhecia.

Um estranho silêncio entrando pela janela fechada me contava alguma coisa que meu nariz confirmava, aceitando um cheiro de confusão e vazio. Vazio. Não tinha nada dentro de mim que confirmasse minha presença, e eu sentia muito frio, mesmo suando.

Achei que o melhor seria me levantar. Me vesti com algum esforço e fui indo em direção à porta, para descer para um café. Parei no meio do movimento para pegar a chave.

— Puta que pariu... O Edinilson fechou! — Suspirei, puto da vida. Não ia tomar café. Ou talvez fosse, mas aí ia ter que andar até a avenida. Já não tinha certeza se eu queria café, ou qualquer outra coisa. Tomei um copo d'água. Tinha gosto de cloro. Eu era eu mesmo agora e me lembrei da Rosa. E do cacto. Sem dar tempo de me reconhecer como sendo eu mesmo, tocaram a campainha.

— Sim?

— Oi, o senhor é Geraldo Pereira? — Me perguntou um rapazinho uniformizado com macacão e camiseta. Pelo menos eu não estava de cueca. Se estivesse, eu negava. Não sou ninguém.

— Sou.

— Tem uma entrega para o senhor. Poderia assinar aqui, por favor?

Ele enfiou na minha cara uma prancheta com um papel cheio de letrinhas e uma linha no fim da página com um xis do lado. Assinei sem ler. Ele me deu uma caixa de papelão de uns quarenta centímetros, guardou a tabuleta, agradeceu e se mandou.

Eu fiquei olhando para aquela caixa na minha mão sem entender nada. Era pesada. Na frente, uma etiqueta.

Para Geraldo Pereira.
Remetente: Fortran Advogados Associados.

Será que era uma reposição para meu cacto?

Sentei no sofá e abri. Era um embrulho e, por cima, um envelope. Conhecia a letra sobre esse envelope. Era do Xaxim. Abri para ler.

Oi, Amiguinho!
Achei que você poderia fazer bom uso disso daqui. Para onde vou, não vou precisar mais.

Um forte e carinhoso abraço;
Estevão Januário Xaxim

P.S.: Li teu livro. É tão ruim quanto você me descreveu, adorei!

Dentro do envelope havia outra carta, esta impressa e com o timbre da firma de advocacia que enviou o pacote.

Dia 25 de Abril
Ilmo. Sr. Geraldo Pereira.

Por conta do falecimento de nosso cliente, senhor Estevão Januário Xaxim, e de acordo com suas vontades expressas por escrito e registradas em cartório XXX, recebemos a incumbência de fazer chegar ao senhor este pacote preparado e selado pelo mesmo.
Em nome de nossa firma, gostaria de apresentar nossos sinceros pêsames.

Marcos Ubiratã Fortran, Advogado.

Tive que ler ambas as cartas mais duas vezes para fazer com que as palavras me chegassem até o cérebro.

Abri o pacote. Estava ali um livrão preto, pesado, com capa negra, lisa, sem nenhum adorno ou texto. Abri em uma página qualquer. Fotos. Fotos em preto e branco de um senhor de terno antiquado, bigode e gravata bufante. Ao seu lado, uma mulher pequena, de pele quase translúcida, usando um vestido escuro e um chapéu adornado. Os dois olhavam para algum lugar no horizonte, por detrás do fotógrafo. O fundo era uma casa clara e cheia de plantas e um gramado bem cuidado. Abaixo da foto, uma data escrita à mão: 3/6/1895.

Em cada página havia uma, duas, três fotos parecidas com essa, grudadas sobre uma folha de papel cinza-escuro. Entre cada uma das páginas, uma folha de papel de seda amarelado e manchado. Todas as fotos mais ou menos parecidas. Algumas das pessoas apareciam mais de uma vez. Todos os retratos foram tirados na mesma semana. Os cenários variavam um pouco. Uma casa, um pátio, o interior de uma sala de estar, um campo e suas vacas.

Fiquei um tempão sentado no chão olhando foto por foto, dando um nome imaginário a cada uma das pessoas mortas no álbum de fotos do Xaxim, pensando nele, triste para caralho, sem tentar me levantar. Fui descobrir depois num jornalzinho on-line da universidade que Xaxim tinha falecido cinco dias antes, no hospital, de um câncer pancreático.

Filho da puta, Xaxim, caralho. Provavelmente já sabia que estava doente da última vez que nos vimos e não disse nada! Nem avisou depois, para eu ir visitá-lo. Nada. E nem dá pra dizer que não lembrou de mim, que esse putão ainda fez um testamento e me deixou essa porra de álbum. O grandíssimo filho de uma égua estava pensando em mim.

Folheei o álbum várias vezes antes de cair, exausto, na minha cama.

Dormi pouco e dormi mal. Sonhei com Azazel. Ele saía de dentro da coxa de uma moça alta, abrindo a pele dela de alto a baixo como se fosse um zíper. A garota era pálida e usava um chapéu de feltro cheio de dobrinhas e florezinhas de filó. Estava séria.

— Eu morri. E isso não tem graça nenhuma — ela dizia, me dando um cacto seco. Ela fechou o zíper na pele da coxa, deixando uma cicatriz branca. — Afinal, você esperava o quê? Agora vou durar pra sempre. E esse cacto aqui, também. Excusez-moi, au revoir. Vou descer pra tomar um café.

Fui acordado pelo despertador infeliz. Pouca coisa fazia sentido na minha cabeça, e menos coisas ainda me importavam. Tomei um banho, fiz a barba, vesti o terno que o Aloísio havia me comprado para a ocasião (ele sabia que, se não comprasse o terno pra mim, eu iria dar a palestra de bermuda), penteei meus cabelos mal cortados e desci. Caminhei até a avenida para tomar meu café, sem sentir meus pés, minhas pernas, meu corpo, meu coração. Tomei um cappuccino macchiato numa xícara de cerâmica limpa e comi um misto quente que veio num prato branco, limpo, coberto por um guardanapo. Não li jornal. Peguei um táxi ali na esquina e fui até o lugar da palestra, um lobby de um hotel de vidro e mármore.

CAPÍTULO 18

Havia uma muvuca barulhenta na frente do hotel onde ia acontecer a palestra. Era um número razoável de pessoas, embora as pessoas não me parecessem muito razoáveis. O táxi ficou preso no trânsito lerdo, e, passando lentamente na frente do hotel, fui ficando pasmo com aquela fauna. No meio de barulho e movimento que parecia aleatório, consegui ver dois ou três Batmans, um grupo vestido com lençóis brancos, feito toga, e usando na cabeça uma coroa feita de alguma folhinha, acho que era pitangueira. Aparentemente era para ser uma versão caseira de um grego antigo. Mais para o fundo tinha um pequeno grupo vestindo alguma coisa com aparência de poncho feito de cobertor felpudo de lã acrílica marrom e sandálias de couro. Dançavam alguma coisa tribal.

Até aí, podia ser só uma convenção de gente esquisita e ia achar tudo muito folclórico. Mas tinha também um sujeito se esticando todo da janela de um carro estacionado na frente desse povo, microfone na mão, quepe de policial militar, gritando sobre Jesus, Satã e a devassidão do mundo (e do meu livro). No parabrisa traseiro tinha um adesivo enorme: Pastor PM Josimar Fonseca Deputado Estadual com a foto do sujeito uniformizado, com uma Bíblia numa mão e uma pistola na outra. Aquilo passou um tiquinho da esquisitice para a direção do perigoso. A galerinha que seguia a pregação do Pastor PM me deixou apreensivo.

Um grupo gritava, chamando outro grupo de comunista, que respondia chamando o outro de fascista, enquanto entre eles estava alguém vestindo terno e cara contorcida de fervor pregando a palavra de Deus.

Meu plano original era descer do táxi ali mesmo, mas pedi para o motorista me deixar no estacionamento do hotel. Não tinha foto minha na contracapa do livro, nem no pôster da palestra. Não seria imediatamente reconhecido. Abençoado seja o fotógrafo que nos deu um cano no dia marcado. Com sorte e cautela, calculei que conseguiria chegar vivo ao lado de dentro do lobby. Antes de o táxi descer a rampa ainda pude ouvir o povo de cobertor felpudo gritar bem alto: "Por Azhur!".

Quando me identifiquei na recepção, uma moça alta veio e se apresentou. Jéssica, cerimonialista do evento, estava à minha disposição. Me levou ao camarim e me ofereceu uma bebida.

— Tem Fanta Uva?

Ela me olhou como se eu tivesse pedido um ovo de ema cru com cera de ouvido e vodca. Tentei consertar a má primeira impressão:

— Guaraná? Tem?

— Já trago.

Como é que uma moça, aparentemente fina e bem-educada, quer ser uma boa hostess, cerimonialista ou o caralho que seja, se não conhece a sutileza de sabores e a onda de hiperglicemia que só uma Fanta Uva pode proporcionar? Outro mau sinal do que ia acontecer nessa bosta de palestra.

Antes do guaraná, chegou o Aloísio. Estava coberto por uma animação infantil que em dias normais me irritaria. Naquele dia só me parecia desproposital.

— Plateia cheia, Doutor Rodolfo!

— Eu vi. Cheia de maluco.

Minha voz saiu fraca e um pouco tremida.

— Coisa bonita! Gente vindo aqui pra te ouvir, emocionada com o teu livro. Gente que tirou dele uma lição. Isso é muito forte. Uma energia incrível.

Aloísio usou a palavra "energia" de forma não irônica mais umas tantas vezes, me fazendo suspeitar que ele andava comendo cogumelos, ou uma hippie. Gesticulava, feliz, falando a respeito das coisas maravilhosas que acontecem quando um grupo de pessoas se reúne para criar uma corrente de pensamento positivo e esperança.

— Você tá sabendo que tem uns sujeitos lá fora dizendo que eu deveria sofrer o castigo divino, a fúria de Deus, né? Bem do lado de uns caras me chamando de comunista.

— Tem, tem. Tem de tudo. As pessoas se exaltam. Mas tá tranquilo. São uma minoria. Quase todo mundo veio aqui pelas sábias palavras do Doutor Rodolfo.

Poucas coisas me deixam mais nervoso do que o Aloísio dizendo "tá tranquilo". Me desespero por completo.

Ele não percebeu que eu já tinha passado de qualquer grau de nervosismo humanamente aceitável. Continuou falando, disse que ia ver qualquer coisa no lobby e saiu. Jéssica veio, trouxe o guaraná, perguntou se eu queria mais alguma coisa e foi embora também.

Mas não fiquei sozinho por muito tempo. Devagarzinho, com cara de tímida, como se realmente tivesse vindo ver uma celebridade, Érica entrou, fazendo pouco barulho, coisa que eu estava desacostumado. Érica sempre entrava fazendo barulho.

— Olha só! Achei o Doutor Araçatuba Mascarenhas-Meganha Assassina!

Olhei para ela pelo espelho, e o sorriso dela derreteu.

— Meu! Você tá bem?

— Tô. Tô bem. Bem fodido.

— Putz, fodido e doente. — Ela veio correndinho, largou a bolsa em cima da cadeira e botou a mão na minha testa. — Gelado. Você tem certeza que tá vivo?

— Até aqueles fanáticos malucos me pegarem? Acho que sim.

— Você tá falando daquela gente descompensada das ideias lá fora? — E riu com gosto. Não sei se de mim ou daquela gente descompensada das ideias lá fora. Voltou à cara séria e preocupada. Enfiou a mão na bolsa, tirou dali um monte de coisa. Mexeu até achar o que queria. — Deixa de bobagem. Tó. Isso aqui vai te relaxar.

Eram duas pílulas. Em tempos normais ia perguntar para ela o que era antes de tocar naquilo. Mas daí, porra, daí entendi: qual a pior coisa que poderia acontecer? Eu morrer? Meu cérebro derreter? Foda-se. Enfiei as duas na boca e bebi todo o guaraná.

— O que eu acabei de tomar?

— Você não quer saber.

— Por que... Por que você anda por aí carregando essa... esse negócio?

— Você não quer saber.

— E agora? O que acontece?

— Agora você vai pedir uma coca zero pra mim e vai sentar comigo ali naquele sofá para relaxar um pouco.

Obedeci. A alternativa era ficar sentado naquela cadeira vendo meu rosto no espelho se liquefazendo em suor frio.

Érica ficou me contando sobre seus dias na Alemanha, tentando mudar de assunto, ou me distrair. Na história enrolada que ela contou estava uma enorme máquina de eletroerosão por fio, alta voltagem, um francês gostosão que nunca tinha lido Voltaire e festas em Düsseldorf. Juro que tentei prestar atenção, mas a minha cabeça estava fixa no meu livro e na diaba de reação que ele gerou.

O que eu escrevi? Bosta nenhuma de novo. Nem na forma, nem no conteúdo o texto era original. Por que tanta gente apareceu aqui, comovida, ofendida? Ou por que sequer vieram, em absoluto?!

— Toda discussão literária é uma discussão teológica! — Alguém gritou de longe, acho que do corredor.

— Quê?

A voz, lá de longe, insistiu:

— Toda discussão literária é, na verdade, uma discussão teológica. Quer dizer, todos os livros são, na verdade, uma ficção a ser discutida como uma Bíblia. Inclusive o seu livro. Especialmente o seu livro. Discutir o cânone do Batman é a mesma coisa que discutir qualquer outro personagem fictício, se você acredita na existência dele fora dos quadrinhos, ou não. Todos os fãs de Batman são, em algum nível, religiosos da religião do Batman e eles vão discutir o Batman como se ele realmente existisse, mesmo que eles saibam que ele não existe. E, no Mundo do Batman, Batman é um deus.

— Mas por que tanta paixão? Por que tanto calor?

A voz gritou de volta:

— Porque Deus e objetividade não são compatíveis. A briga dessa turba é a respeito do fato de que a ética também não é objetiva, e você transforma o mundo objetivo no único mundo que existe, no único que conta. O que, por sua vez, transforma seu livro, aos olhos deles, num livro não ético. Te transforma numa pessoa não ética.

— A maquiadora está aqui.

Abri os olhos e vi a Érica sorrindo. A maquiadora estava sorrindo. O estojo de maquiagem estava sorrindo, e a cadeira que ela me apontava também estava sorrindo. No espelho, o Doutor Rodolfo estava sorrindo, usando um terno sorridente, sem gravata.

Logo veio o Aloísio, sorrindo. Me puxou da cadeira e me levou para a coxia, de onde vi uma mestre de cerimônias, sorrindo, me apresentar. Palmas. Sorri com mais força e entrei no palco.

Eu não conseguia ver porra nenhuma. O canhão de luz me cegava. Palmas. Havia ali um púlpito se eu precisasse muito me esconder atrás de alguma coisa. Uma garrafinha de água em cima e uns papéis que tinha mandado imprimir.

As palmas foram sumindo, e me dei conta de que precisava dizer alguma coisa. Só não lembrava o quê.

— Então... Como é que tá, pessoal? Como é que a gente ia começar? A verdade sobre a vida, o Universo e tudo o mais, né? Deixa eu ver. Quem de vocês leu a Bíblia?

Algum barulho veio da plateia.

— Vou supor que alguém aí deve ter levantado a mão. Não consigo ver coisa nenhuma com essa luz na minha cara. Pois eu li. Não obsessivamente. Li, sei lá, umas duas vezes. As duas por motivos acadêmicos. Quer dizer, não para conseguir pontos com Deus, mas para conseguir pontos com o meu orientador. O que é mais ou menos a mesma coisa. Ha-ha. Era alguma obra de Santo Agostinho. Ah! Lembrei, lembrei! Era isso que eu queria dizer no começo. Tá, então, do começo, sobre a porcaria de mestrado que eu fiz. Tava achando que a palestra era sobre a Bíblia, ou a Palavra de Deus? Não, não. Não quero fazer concorrência com a galera que não leu a Bíblia. Ha-ha. Enfim, eu era, ainda sou, um péssimo aluno. Fui fazer mestrado em Filosofia por algum tipo de crise existencial que eu resolvi criar pra mim mesmo e que, até hoje, me deixa com medo de circular só de cueca no meu apartamento. Não resolvi coisa nenhuma e ainda criei mais um monte de problema. Bem, fiz mestrado, tirei notas medíocres. Era para fazer uma análise de um texto, sei lá, um determinado capítulo do *Confissões* de Santo Agostinho e associar com um determinado discurso do Aristóteles. Eu ia lá e lia a porra todinha. — Houve alguns risinhos nervosos na plateia. Deve ter sido por causa do "porra todinha". — E daí tirava algum contexto de outro capítulo misturado com outro texto de outro comentador de Aristóteles que não tinha nada a ver e, em cima disso tudo, ainda dava a minha opinião. "Ninguém tá interessado na tua opinião!", me dizia o professor Athaíde. Ele tentou me explicar mais de cem vezes que o objetivo da cadeira era aprender a fazer uma análise e uma interpretação acadêmica, não avaliar o teor filosófico do texto, ou seja: não era para dar minha opinião. Quando acabou o ano, ele fez questão de me dizer que eu era uma bosta de um filósofo e um acadêmico pior ainda, apesar de ser muito bom em redigir trabalho. Me deu um oito pela qualidade do texto. Moral da história? Moral nenhuma, mas valeu ter lido a Bíblia e o *Confissões* inteiro, porque impressionei o velho Athaíde. Quer dizer, há uma moral na história, sim: até mesmo um cara que não tem a menor ideia do que dizer pode escrever um livro cheio de metáfora ruim e o pessoal compra.

Esqueci o que ia falar em seguida. Meio consternado, olhando para o palco vazio, tentei achar algo para dizer. Atrás de mim, estava a tela onde os slides bacanas que preparei estariam projetados. Só que não era slide bacana nenhum que estava ali. O que estava ali era a foto em preto e branco de um francês bigodudo do século retrasado, posando com uma mulher minúscula de chapéu, em frente a uma casa de campo perto de Lyon.

Como o embigodado do livro do Xaxim foi parar ali?

Fui eu que botei ele ali.

Foi por engano. Peguei o pen-drive errado antes de sair de casa. Quando recebi o álbum, um dia antes da palestra, eu tava puto. Puto e triste. O Xaxim tinha morrido e o filho da puta, além de não ter me contado que estava doente, ainda me deixou essa bosta de álbum de fotos. Ou seja: eu nem tinha o benefício de achar que estava ocupado demais com a morte para pensar em mim. O sacana do Xaxim pensou em mim e ainda por cima me deixou um recado. No dia anterior ao da palestra fiquei folheando aquela porcaria, pensando nas teorias malucas que ele tinha inventado para a biografia dessa gente embigodada. Eu não estava muito preocupado com a história daquelas fotos, mas lembrei de um antigo cliente que estudava justamente naquela região da França, justamente naquela época em que as fotos foram tiradas. Meio que para estender a curiosidade inútil do Xaxim, resolvi escanear uma ou outra foto para mandar pra ele. Quando, em vez dos slides, vi aquela foto projetada na tela, senti um certo alívio: Xaxim tinha vindo me salvar. Já não me sentia tão sozinho ali em cima daquele palco. Sorri para a plateia e improvisei:

— Esse aí é o Jacques Allons Enfants, famoso escritor motivacional da França no século retrasado. Ou não. Não importa. Foi ele que inventou o célebre exercício de conduta moral da eulogia a si mesmo. O exercício é mais ou menos este aqui: Você morreu. Catapimba. Foi. Bateu as botas. Agora é a hora do seu funeral. Seu caixão está ali ao lado da cova, pronto para ser enterrado. Começam os discursos. Agora tente imaginar: Quais seriam os discursos pronunciados? O que os teus pais diriam ao seu respeito? O que contariam sobre você no teu funeral? E seus filhos? Como eles iriam se lembrar de você? E assim você vai passando por cada pessoa importante que estivesse no teu enterro. Marido, ou esposa, irmãos, amigos. Em seguida, como parte do exercício, você deve pensar naquilo que eles diriam e comparar com o que você gostaria que eles dissessem. No fim do exercício, de posse desses discursos, você tem uma janela, uma perspectiva para como deveria agir, que tipo de pessoa deveria ser para chegar nessa eulogia que você gostaria para si.

Fiz uma pausa dramática, lembrando que a Érica sempre me dizia que eu ficava despretensiosamente eloquente quando estava chapado. Que merda foi que ela me deu?

— Porque esse exercício é perguntar de forma muito mais verdadeira as coisas que realmente te importam. Porque dali vêm os seus pensamentos, das coisas que te importam. É de onde surgem seus sentimentos e é de onde parte a sua tomada de decisões.

Olhei de novo para o Jacques, ali atrás de mim, e achei engraçado que, eventualmente, uma foto minha possa, daqui a cento e cinquenta anos, aparecer sem explicação lógica nenhuma no meio da palestra de um charlatão chapado que nem eu.

— Só que eu vou propor um exercício diferente hoje. Um para fazer não uma vez só em um momento de meditação, mas ao longo da vida. Vocês conhecem aquela coisa de desenho animado em que o personagem, quando está prestes a morrer, vê sua vida toda passando como um filme, diante dos olhos? E se eu disser que isso que você está vendo agora, neste instante, é na verdade esse filme? Você está prestes a morrer, o tempo parou e tudo o que você está vivendo agora é, na verdade, uma retrospectiva da tua vida, que já aconteceu tempos atrás. Todos os momentos de desgraça, todos os sorrisos que você recebeu, as coisas mais mundanas do teu cotidiano, tudo isso já aconteceu, tua vida já acabou, e essa é uma chance de revisitar todos esses momentos e tentar dar à sua vida, que já passou, um significado. Tudo são memórias. Tudo lembranças que se apresentam quando você morre. O exercício é este: olhar para o agora e imaginar que daqui a um milésimo de segundo você vai estar morto e deixar de existir, e isso que percebe como sendo sua realidade, o que acontece com você nesse momento é, na verdade, uma suspensão do tempo normal, micronésimos antes de você deixar de existir, numa chance a mais de revisitar sua vida, avaliá-la e apreciá-la mais uma vez.

» » »

Devo ter dito mais que isso. Mas o que lembro termina aí. A palestra seguiu, e aquele negócio que a Érica me deu continuou fazendo efeito. Como um corte na linha do tempo, logo me vi sentado atrás de uma mesa coberta de cópias de *O melhor livro de autoajuda do mundo*, no lobby do hotel, e uma fila de gente vindo me cumprimentar e comprar uma cópia autografada daquela porcaria. Seguia curioso e sem entender por que diabos estavam ali para ver a palestra, para conseguir uma cópia autografada. Não fazia sentido.

O primeiro da fila era um rapaz com camiseta do Batman, sorrindo, dizendo que era meu fã desde muitos anos.

— Qual é o seu nome?

— Evandro.

Escrevi na contracapa: "Ao Evandro, desejo muito sucesso". Quase assinei meu nome. Nunca tinha escrito com caneta o nome do meu alter ego famoso. Tive que inventar ali uma assinatura bacana. Saiu um rebuscado Rodolfo Castanheda-Boaventura, exalando uma potente força patriarcal, com tom antiquado. Aristocrático, mas nada exótico. Acessível, mas ao mesmo tempo inatingível. Másculo, mas nada exageradamente bruto. Azazel teria ficado feliz.

— Puxa! Muito obrigado! Um dia isso daqui vai valer uma fortuna!

Tirou do seu cinto de utilidades um gadget preto, apontou para o alto e uma corda o puxou para cima e para fora da fila.

— Vai, vai, sim. Até logo!

A fila andou, e apareceram duas garotas flertando comigo.

— Milena e Juliana.

— Gostaram da palestra?

— Doutor Rodolfo, foi sensacional. Estou emocionada!

— Que bom!

Assinei dois livros, e elas saíram dando pulinhos. Depois veio um tiozão muito emocionado, falando em sueco, dizendo que o livro mudou sua vida e que ia abrir uma loja de bolinhos suecos e uma empresa de bungee-jump. Depois dele veio uma senhora de terno moderno cantando ópera. A seguir, uma velhinha de turbante, saia longa colorida e muitos colares.

— Admita. Diga a verdade: você odiava Kierkegaard na faculdade porque, no final das contas, concordava com ele, não é?

— Provavelmente. E não foi o único, tia.

— Por que será? Acho o seguinte. Acho que é porque, talvez, você só consegue gostar de quem te dá chance de ser refutado. Porque daí, se você discorda, você não precisa se refutar a si mesmo?

— Pode ser, tia. Talvez, se eu fizesse terapia, se não tomasse drogas estranhas esporadicamente e não me relacionasse com gente tão difícil quanto eu, pudesse me conciliar com quem sou, né?

A velhinha sorriu e sacudiu a cabeça, concordando. Foi embora sem eu assinar o livro dela.

Alguém ligou as luzes coloridas do piso do lobby, e agora eu parecia estar no meio dos *Embalos de Sábado à Noite*. Mas sem música. Me senti levemente nauseado. A seguir, um monge hare krishna com sua bata laranja me saudou e botou seu exemplar na minha frente para eu assinar.

— Seu nome?

— Eufrásio. Eufrásio Mendes. Mas assina o seu nome de verdade, tá?

— Meu nome de verdade?

— Oras, isso aí é um contrato. É coisa séria.

— Se você diz... — Assinei meu nome, Geraldo Pereira, sem floreio.

— Isso vai nos trazer muito sucesso, rapaz!

Sorri e ele escapou da fila, cantando uma prece em sânscrito. Logo veio um rapaz baixinho, com camisa xadrez para dentro da calça.

— Seu nome?

— Nicuşor Zugravescu — ele me respondeu com um fortíssimo sotaque.

— Puxa, o senhor é de onde?

— Romênia.

Tive um pressentimento.

— Medgidia?

— Isso mesmo. Sou... era o dono de um pequeno mercado na frente do correio.

Silêncio.

— O governo decretou o prédio como sendo área nacional para pesquisa arqueológica.

Silêncio.

— O senhor arruinou minha vida.

— Desculpa.

— Achei muito bonita e muito apropriada sua palestra, a parte sobre a vida que levamos, nosso dia a dia ser na verdade aquele filme que passa na frente dos nossos olhos quando estamos morrendo.

Ao dizer isso, o romeno tirou um pequeno revólver de dentro do bolso, apontou pra mim e apertou o gatilho.

CAPÍTULO 19

O grande filósofo prussiano Hugo Von Backpfeifengesicht escreveu em seu livro, *Esqueitistas do cosmos e vodca pura,* uma passagem que me ocorre agora:

> Há uma expectativa com aqueles que saem da sua rotina e passam um longo período de tempo em algum outro lugar fundamentalmente diferente de suas vidas anteriores. Uma expectativa de retornarem renovados, com novos aprendizados, entendendo muito mais a respeito do mundo deixado para trás e de si mesmos. Uma expectativa de que agora vejam as suas antigas vidas com outros olhos, cheios de um entendimento diferente que faz melhorar seus mundos antigos pela virtude de uma experiência engrandecedora.
>
> O caipira que sai da sua roça para estudar na cidade grande, o recém-formado que vai fazer mestrado em uma prestigiada universidade no exterior, o jovem perdido que vai fazer trabalhos voluntários na África Sub-Saariana, o monge que se retira para meditar sobre a montanha, Luke Skywalker que sai de Tatooine para lutar contra o Império.
>
> O herói que se desconstrói, numa empreitada aterrorizante mas cheia de inspiração, ímpeto e vida. Volta depois de se reinventar e reinventar o mundo.
>
> E por que caralhos essa expectativa existe? Quem disse que quem enfia a cara no mundo e sai de dentro da sua caixinha aprende algo? E, se aprende, usa o que aprendeu para ver o mundo de forma mais sutil, mais elaborada?

Von Backpfeifengesicht segue com uma explicação enrolada para responder essa pergunta e acaba numa não explicação que é basicamente um "enfia tua expectativa no cu, o mundo é o que é, e não o que você espera dele".

Mergulhei por meses num submundo pirado. Construí castelos de retórica duvidosa e fui morar neles. Conheci o Otávio, meu cunhado. Não fazia ideia de quem era esse cara e sigo sem saber, mas agora sei disso. Revi o Xaxim e visitei com ele um chinês que fazia caligrafia no chão. E agora nunca mais vou ver o Xaxim. Acho que me apaixonei por uma garota que nunca me fez sentido e me fez escrever um livro. Flertei com calmantes psicotrópicos de origem ignorada e agora voltei da minha jornada sem ter aprendido porra nenhuma. Sou a mesma bosta ordinária que era antes de começar. Com uma importante diferença: agora entendo o que o Von Backpfeifengesicht quis dizer.

Eu não tinha mais Edinilson. Meu café nunca ia ser tão ruim, forte e adocicado. Nunca tive realmente onde cortar meu cabelo e comprar minhas revistas perto de casa. Não usava mais o xerox, não tinha com quem conversar lá dentro. Não tinha motivo nenhum para continuar morando na minha estreita rua cheia de fuligem. Com a bolada que ganhei nessa aventura tosca, me mudei para um apartamento num prédio novo. Tem porteiro que, para meu desespero, me dá bom-dia efusivamente e tenho uma vaga na garagem que alugo para o sujeito do 404. Comprei uma máquina de café e um cacto. O ar-condicionado está limpo e funciona. E até tenho dinheiro para deixar essa merda ligada tanto quanto eu quiser. Só não tenho mais calor.

Joguei fora aquela Barsa que estava na minha estante da sala por um motivo que não lembro e, se lembrasse, provavelmente não ia entender agora. Quando fui arrumar meu quarto novo, encontrei entre minhas coisas o pôster embrulhado que a Rosa tinha me dado. Abri, achando que ia ter uma inundação de nostalgia e surpresa, mas não senti nada. Era uma reprodução do desenho de Magritte *A traição das imagens*. O desenho de um cachimbo e um letreiro embaixo em letra cursiva: *Ceci n'est pas une pipe*" — "Isto não é um cachimbo".

Fiquei olhando para o pôster, tentando entender o que diabos a Rosa quis dizer com aquilo. Se é que ela quis dizer qualquer coisa, ou eu tivesse qualquer acesso ao que ela quis, ou não quis dizer.

O que Magritte quis dizer é que a imagem de um cachimbo não é um cachimbo e não podemos confundir o representante com o representado, o símbolo com o simbolizado. Exatamente como num dos capítulos do meu livro, só que de forma bem mais eloquente, sintática e sincera.

Parei de tentar entender a mensagem que ela talvez tivesse deixado pra mim e tentei decidir o que fazer com o pôster.

Se não o pendurasse na parede, estaria negando que ele tem um significado transcendente de si mesmo, porque decidi não fazer nada com ele. É só um pôster. Se o pendurasse, afirmaria exatamente o que o pôster fazia questão de negar.

Mesmo sendo meio kitsch (ou talvez exatamente por ser meio kitsch), pendurei o pôster no meu quarto novo. Gosto de paradoxos.

» » »

Levou alguns dias para que eu tivesse construído uma imagem clara na minha mente do que aconteceu a partir do momento em que tomei as pílulas da Érica até a hora em que abri os olhos na minha cama, olhando o teto.

Levantei da cama segurando minha cabeça com as mãos sem ter certeza se *já* era dia, ou *ainda* era dia. Me surpreendi ao ver Érica na sala. Estava deitada no sofá, lendo Henri Bergson, só de calcinha e blusa de alça. Ela, preocupada e com certo sentimento de culpa, dormiu no apartamento, velando as minhas quase vinte horas de sono. Virou pra mim, sorriu, soltou um "orra, meu!" que eu imaginei que tinha a ver com o tanto que eu dormi, ou com a minha cara amassada. Tratou de me trazer de volta à vida com meia pizza que ela tinha guardado.

Érica me deu um panorama geral. A palestra foi um sucesso. Não que naquele momento eu tivesse condições de investigar exatamente qual era a definição de sucesso que ela estava usando. Contou que subi no palco, falei enrolado, mas com convicção. Me aplaudiram de pé, várias vezes. Tiveram que me ajudar a sair do palco porque não conseguia descer os degraus. Me maquiaram de novo no camarim, arrumaram meu terno amarfanhado e o Aloísio me empurrou até o lobby do hotel, onde uma fila enorme de fãs me aguardava para assinar seus exemplares do livro.

— Acho que lembro dessa parte.

— Teve gente comprando dois, três livros, tirando foto contigo... rockstar mesmo.

Eu fiquei horrorizado. Minha eterna crise existencial agora era estética também. Tinha por aí fotos de mim, de terno, com gente maluca coberta de lençol.

O Bergson, que era dela, foi estrategicamente deixado lá em casa. Na vez seguinte, o esquecido foi o casaco. Ela aparecia a cada dois, três dias, e cada vez criava um estratagema diferente para aparecer no meio da semana. Não que ela precisasse. Ao menos não por mim. Mas talvez por ela.

Depois de eu me mudar, Érica aparecia já com mais frequência. Não raro, ficava para dormir. Desfez uma gaveta do meu banheiro para largar ali umas tranqueiras dela. Depois, foi uma gaveta na minha cômoda. Não protestei. Não me incomodava que algum de nós finalmente estivesse tomando alguma decisão. Nem que essa decisão fosse tomada aos pouquinhos.

Já o Aloísio apareceu dois ou três dias depois da palestra, todo sorridente e cheio de assunto, o que deveria ter me deixado desconfiado. Falou de tudo, menos do principal. Quando se esgotou de falar foi, aos poucos, pingando causos do dia da palestra.

— Teve um senhor que, muito emocionado e humilde, veio te pedir referências bibliográficas do Jacques Allons Enfants, que ele já tinha ouvido falar e queria ler mais.

Dei uma risada.

— Como foi que saí dessa?

— Você mandou ele falar comigo.

— E você? Fez o que com ele?

— Não consegui fazer nada, porque estava me mijando de rir. Logo antes apareceram duas mancebas se mancebando pra cima de você. Depois de largar pra cima delas o papinho mais brega do mundo, mandou as garotas para sua assistente, dizendo que ela ia pegar os telefones delas e combinar alguma coisa.

— Que assistente?

— Você mandou as duas pra Érica.

— Eu não presto.

— Foi o que ela mesma disse. Mas rindo, depois de dar para as moças o número errado e despachar cada uma delas com dois livros comprados com dinheiro vivo. Tem até foto dessas palhaçadas.

Ele me mostrou no celular. Eu, sentado naquela mesa do lobby coberta de livros, com um sorriso meio bobo que não enganaria ninguém que me conhece mais ou menos. Eu estava chapadão. Ele foi passando as fotos. Tinha uma com um senhor de camiseta.

— Foi esse aí o das referências bibliográficas.

Apareceu uma senhora com cara triste, depois duas garotas com pose de intelectual, depois uma foto com o gerente do hotel, uma com um vereador mais ou menos conhecido, outra com o dono da editora e, finalmente, outra com o próprio Aloísio, o Marcelo, o editor-chefe, e um cara de camisa laranja.

— Desse cara eu lembro. Era um monge hare krishna, né?

Claro que ele não era um monge hare krishna.

Se chamava Eufrásio Mendes e não tinha ido para comprar um livro. Tinha ido para assinar comigo um contrato.

— Assinar contrato? De que caralhos você está falando?

— Você não lembra?

— De quê? Pelo amor de Deus! O que foi que eu assinei?

— Putz, achei que você lembrava. Então, saca aquele projeto de fazer uma animação da história do Coelho e o Urso que uma produtora te pediu autorização?

— Mas eu assinei o quê? Eu já tinha autorizado essa merda há um tempão.

— Sim, sim. Já saiu a animação faz umas semanas.

— E, evidentemente, foi uma catástrofe.

— Pois é, só que não. O negócio fez um certo sucesso. E ainda chutou a venda do livro *O Coelho e o Urso* lá pra cima.

— Sério? — *Agora* eu estava começando a desconfiar dessa empolgação toda do Aloísio.

— Então, esse cara veio com a proposta de financiar a criação de uma série de livros infantis de autoajuda. *Conhecendo a si mesmo com o coelho Coelho Coelho. Persuadindo seu caminho à vitória com o Doutor Urso Passarinho.*

— E eu... eu assinei? Quem vai escrever essa merda... Quer dizer, então... — Meu santo caralho alado. Eu não conseguia nem articular a ideia, de tão horrível.

— A grana é sensacional. O prazo é tranquilo. Você vai ver, vai tocar essa na maciota.

Eu achei que tinha me livrado da autoajuda para sempre. Era esse o meu plano. Terminar essa bosta de livro, essas palestras de merda, e nunca mais ter que pensar no assunto. Só não contava com a astúcia comercial do Aloísio, aliado ao tino farmacológico da Érica.

Érica até se sentiu meio culpada por esse episódio e tentou depois compensar com os mais abrasivos agrados que o carinho tosco dela era capaz de dar. Aloísio? Não tava com um pingo de remorso.

Tanto que, apesar de o meu apartamento novo já não estar tão próximo do escritório do Aloísio, ele ainda assim vinha me visitar duas, três vezes por semana. Não sei se por hábito, por ainda achar que vai ter um treco e ninguém reparar, ou para filar café da minha máquina nova. Falava das maravilhas das portas que se abrem quando teu nome já é conhecido, e como esse mercado é fechado, e como Doutor Rodolfo se tornou referência.

Eu tinha decidido parar de sofrer. Aceitei que o mundo era essa merda mesmo e que sou um fodido. Minha sina era sentar naquela porra de computador e vomitar bobagem comercial pra pagar o aluguel? Pois que seja. Foda-se. Se estavam dispostos a me pagar pra escrever merda, então, mesmo que não seja exatamente a merda que eu gostaria de ter escrito, acho que é isso que vou fazer. Um dia, quando tiver feito meu pé-de-meia, mando todo mundo tomar no cu.

Quanto a Aloísio e sua cara de pau, eu era muito menos compreensivo. Decidi fazer ele suar já. Era merecido. Simplesmente falei pra ele que não ia escrever porra nenhuma.

— M... mas, porra, Geraldo!
— Não vou. Chega. Vão todos tomar no cu.
— Geraldo, você não pode fazer isso!
— Posso. Estou fazendo.
— Porra, e a multa do contrato?
— Pago.
— Não tô acreditando.
— Foda-se no que você acredita. Pra mim acabou.

Dessa vez ele achou que eu estava falando sério. Por que não pensaria? É exatamente o que eu faria antes de me cair a ficha do grande Foda-se. Eu ia desistir, puto da vida, culpando o mundo e o Aloísio por todas as desgraças. As minhas e as da humanidade inteira. Então me emburrei, xinguei geral e fingi que estava de mal. A partir daí, era com o Aloísio. Calculei que ele ia voltar para casa, nervoso, cheio de cenários apocalípticos na cabeça. Daí ia aparecer no dia seguinte com algum tipo de plano horroroso na forma de um suborno. Nem falo de grana, que ele é e sempre foi um fodido, igual a mim. O suborno podia ser um mimo qualquer.

Pois dito e feito. No dia seguinte, voltou.

— Te dou parte da minha coleção de revistas *Mad*.

Agora estávamos chegando a algum lugar. Fiz biquinho, fingindo que estava ofendidíssimo.

— Foda-se.

— Porra, eu sei que você tá de olho nessa coleção desde que viu pela primeira vez.

— Quero todas.

— Todas, não.

— Quero todas. As raras, inclusive. Autografadas pelo Ota.

— Como é que eu…

— Não quero saber.

Eu não queria saber. Joguei ele numa missão difícil só pra ver ele suar. O filho da puta merecia.

Eu tava puto com Aloísio, mas a responsabilidade era, evidentemente, minha. Não posso nem me defender usando o argumento de que eu estava dopado quando assinei o contrato. Meu estado mental não me absolve.

No final das contas já não tenho tanta certeza se meu pai estava realmente certo na teoria de vida dele de que o que nos resta até o fim do mundo é ser feliz. Porque isso não diz nada sobre a incongruência quase violenta da vida, que nos condena à infelicidade. Escolher romper com essa incongruência ou abraçá-la é a derradeira questão. E para romper, se você não quiser acabar tendo os teus demônios engarrafados, resta o que acabei adotando como meio de vida: rir disso tudo.

Esta obra foi composta em Minion Pro 11,6 pt e impressa em
papel Chambril Avena 80 g/m² pela gráfica Paym.